# O GRANDE GATSBY

# O GRANDE GATSBY

F. SCOTT FITZGERALD

Tradução de

Cristina Cupertino

TORDSILHAS

Copyright © 2013, 2021 Tordesilhas
Publicado originalmente sob o título *The Great Gatsby*.

Todos os direitos reservados. Nenhuma parte desta edição pode ser utilizada ou reproduzida – em qualquer meio ou forma, seja mecânico ou eletrônico –, nem apropriada ou estocada em sistema de banco de dados, sem a expressa autorização da editora.

O texto deste livro foi fixado conforme o acordo ortográfico vigente no Brasil desde 1º de janeiro de 2009.

EDIÇÃO UTILIZADA NESTA TRADUÇÃO F. Scott Fitzgerald, *The Great Gatsby*, Nova York, Penguin, 2010.

EDIÇÕES UTILIZADAS NA TRADUÇÃO DAS CARTAS F. Scott Fitzgerald, *A Life in Letters*, org. Matthew J. Brucolli, Scribner, Nova York, 1995; F. Scott Fitzgerald, *Gatsby le Magnifique*, Livre de Poche, Paris, 1996.

TRADUÇÃO DO POSFÁCIO Daniel Abrão
PREPARAÇÃO Fátima Couto
REVISÃO Otacílio Nunes e Márcia Moura
CAPA Amanda Cestaro

1ª edição, 2013 (1 reimpressão) / 2ª edição, 2021

Dados Internacionais de Catalogação na Publicação (CIP)
(Câmara Brasileira do Livro, SP, Brasil)

Fitzgerald, F. Scott, 1896-1940
O grande Gatsby / F. Scott Fitzgerald ; tradução de Cristina Cupertino. --
2. ed. -- São Paulo : Tordesilhas Livros, 2021.

Título original: The great Gatsby
ISBN 978-65-5568-027-0

1. Ficção norte-americana I. Título.

21-66609 CDD-813

Índice para catálogo sistemático:
1. Ficção : Literatura norte-americana 813
Cibele Maria Dias - Bibliotecária - CRB-8/9427

2021
Tordesilhas é um selo da Alaúde Editorial Ltda.
Avenida Paulista, 1337, conjunto 11
01311-200 – São Paulo – SP
www.tordesilhaslivros.com.br
blog.tordesilhaslivros.com.br

/TordesilhasLivros
/TordesilhasLivros
/Tordesilhas
/eTordesilhas

# Sumário

# O GRANDE GATSBY

*Mais uma vez, para Zelda*

# Prefácio*

Entregar a alguém cuja vida profissional é inteiramente dedicada ao universo da ficção a tarefa de escrever um prefácio é submeter essa pessoa a um feixe de tentações diversas. O escritor que aqui se exprime optou por ceder a uma entre todas elas: propõe-se a falar da crítica com toda a serenidade de que é capaz e sem se afastar demais do romance que se segue.

Esclareço, para começar, que não me queixo da imprensa. Se Jack (que gostou do meu livro anterior**) não gosta do novo***, John (que não tinha gostado do anterior) *gosta* do

---

* A primeira edição de *O grande Gatsby* foi publicada em abril de 1925. Este prefácio foi escrito para a reimpressão da Modern Library, em 1934, quatro meses depois do lançamento de *Suave é a noite*. A tiragem, de 6.000 exemplares, não encontrou compradores. (N. da E.)

** O *grande Gatsby*. (N. da E.)

*** *Suave é a noite*, lançado em abril de 1934. (N. da E.)

novo, e com um compensando o outro o resultado se equilibra. Mas acho que os escritores da minha geração se perverteram quanto a isso, pois era uma época de abundância, e os jornais consagravam um espaço muito grande a textos intermináveis sobre a arte do romance – lugar conquistado em grande medida por H. L. Mencken, escandalizado pelo modo como vez por outra a crítica era exercida antes de ele próprio se dedicar a ela e ter um público fiel. Sua audácia, o amor penetrante e apaixonado que ele votava à literatura, estimulou-nos a todos. Hoje os chacais afiam os dentes para esse que consideram, com todos os riscos e perigos, um leão moribundo, mas a maioria dos homens da minha idade tem por ele um profundo respeito e lamentam a sua retirada de cena. Era uma pessoa que acolhia todas as pesquisas, estava aberta a todos os novos escritores. Frequentemente ele se enganou – sobretudo ao subestimar Hemingway sem pestanejar –, mas as suas armas eram eficazes. Ele nunca se sentiu forçado a mudá-las.



Mencken abandonou o romance americano aos seus próprios caprichos, e ninguém o substituiu. Se o autor que aqui se exprime precisasse esperar que uma parte dos esforços dos nossos políticos reacionários fosse despendida para lhe ensinar os valores de uma profissão que ele exerce desde a adolescência... então, tudo bem, crianças, que se faça sair da fileira esse energúmeno e que ele seja fuzilado ao raiar do dia.

Mas, de alguns anos para cá, o que acho mais desencorajador não é isso, e sim a covardia cada vez maior dos críticos profissionais. Mal remunerados, sobrecarregados de trabalho, eles já não têm nenhum interesse pelos livros. Que tristeza ver, nos últimos tempos, tantos jovens romancistas morrerem de asfixia por não terem um espaço para se fazer ouvir: Nathanael West, Vincent McHugh e muitos outros.

Vou me aproximando pouco a pouco do tema da minha queixa, que poderia assim se traduzir: eu gostaria de compartilhar com os futuros leitores deste romance um cinismo recomendável em face dos críticos contemporâneos. Sem ser excessivamente vaidosos, todos têm direito, não importa em que profissão, de vestir uma cota de malha pessoal. Nosso amor-próprio é o nosso único bem. Se aceitam que ele seja ferido por alguém cujo ofício é ferir, antes do almoço, uma dezena de outros amores-próprios, vocês se expõem a uma série de desilusões das quais um velho resistente aprendeu a se preservar.



Este romance é um exemplo disso. Como os grandes temas de nomes ressonantes não atravancam estas páginas e uma vez que elas não falam da gente do campo (nossos heróis atuais), é fácil prever que ele não teria nada a ver com a crítica, mas poderia tocar alguns leitores que não têm os meios necessários para exprimir o que sentem. Para mim é um enigma que um homem assuma a responsabilidade de escrever um romance sem ter uma atitude precisa e resoluta em face da existência. O fato de um crítico pretender analisar em algumas horas uma visão particular que engloba doze pontos de vista diferentes de uma realidade social me faz pensar na horripilante passagem de um dinossauro pela solidão desértica de um jovem escritor.

No que diz respeito a este livro, uma mulher, claramente incapaz de escrever em inglês uma carta coerente, disse que abri-lo ou empurrar a porta do cinema era mais ou menos a mesma coisa. Muitos escritores iniciantes são acolhidos por esse tipo de crítico, quando esperavam um julgamento de valor com relação ao universo da imaginação em que eles (esses escritores) tentaram, com maior ou menor sucesso, sobreviver – universo que Mencken sabia tornar sensível, na época em que velava por nós.

Uma vez que este livro foi reimpresso, o autor gostaria de dizer que nunca tentou tão encarniçadamente conservar intacta a sua lucidez artística quanto nos dez meses que passou a escrevê-lo. Descubro, relendo-o, como ele ainda poderia ser melhorado, mas, embora ciente disso, não me sinto culpado de nenhuma traição da verdade – se não da verdade, pelo menos do *equivalente* à verdade, aquela que se dobra à exatidão do imaginário. Acabo de reler o prefácio escrito por Joseph Conrad para *O negro do Narciso* e ao mesmo tempo acabo de ser vigorosamente surrado pela crítica com a alegação de que o material que utilizei não permite mais nenhuma relação entre pessoas adultas em um mundo de adultos. Mas, meu Deus!, esse material é o meu, e é o único de que disponho.



Os cortes que fiz nele, tanto no plano material quanto no emocional, poderiam compor um segundo romance.

Acho que este romance é honesto – entendo por isso que ele afasta qualquer virtuosismo destinado a impressionar e, para ir mais longe na fatuidade, que ele sempre conservou em surdina a emoção, para evitar que as lágrimas corram em exagerada abundância sobre o gigantesco rosto de papel, que observa o que se passa além da mente dos personagens.

Um livro pode sobreviver, se lido com consciência limpa – pelo menos pelo sentimento pessoal que se conserva dele. Por outro lado, se o leitor tem uma consciência culpada, só encontrará nele o que quis reter das críticas. Acrescento que, se o leitor é jovem, a maioria das críticas, mesmo as mais injustas, poderá lhe ser útil.

O escritor que se exprime aqui sempre se considerou um "nativo" com relação à sua profissão – isso é tão verdadeiro que ele não sabe o que poderia fazer além de escrever, e melhor ainda: o que poderia fazer além de se perder para viver no universo da ficção. Muitos outros pensam como ele, tentam dar forma às suas descobertas mais íntimas:



... Olhe. É isto!

... Eu vi com os meus olhos.

... Era *assim* que era.

... Não. Era assim.

... Olhe. Eis a gota de sangue de que falei.

... Pare tudo! Eis a cor dos olhos da jovem, o reflexo exato de que eu me me lembrava quando pensava nos olhos dela.

... Se alguém resolve redescobrir esse rosto no espelho de um lago, se alguém resolve acrescentar a ele alguns traços para que a imagem fique entristecida, cabe à crítica reconhecer a intenção que lá está.

... Até agora ninguém havia experimentado uma sensação como essa, diz a si mesmo o jovem escritor, mas *eu*, eu acabo de experimentá-la. Meu orgulho é igual ao do soldado que se lança na batalha sem saber se alguém estará lá para colocar a cruz em suas mãos ou até mesmo para registrar os seus feitos.

De fato, jovem, mas não se esqueça disto: você não é o primeiro que viveu solitário, ainda e sempre solitário.

Baltimore, Maryland, agosto de 1934

F. Scott Fitzgerald

*"Então use o chapéu de ouro, se isso a emociona;*
*Se você dá saltos fantásticos, salte para ela, também,*
*Até ela gritar: 'Amado, meu amado*
*do chapéu de ouro e dos saltos acrobáticos,*
*Preciso ter você!'"*

Thomas Parke D'Invilliers*

---

* A epígrafe é do próprio Fitzgerald. D'Invilliers é personagem de *Este lado do paraíso* e foi inspirado no escritor John Peale Bishop. (N. da E.)

# 1

Quando eu era jovem e mais vulnerável, meu pai me deu um conselho que desde então tenho revirado na mente:

– Sempre que sentir vontade de criticar alguém – disse ele –, lembre-se apenas de que neste mundo nem todos tiveram as vantagens que você tem.

Ele não disse mais nada, mas, mesmo com toda a nossa reserva, sempre fomos bastante comunicativos, e entendi que ele estava querendo dizer muito mais que aquilo. Isso me fez ponderar todos os julgamentos, um hábito que levou inúmeras naturezas curiosas a se abrirem comigo e também me tornou vítima de muitos peritos na prática da chatice. A mente anormal detecta rapidamente esse atributo e a ele se apega quando o percebe em uma pessoa normal, e com isso aconteceu de na faculdade me acusarem injustamente de ser político, porque eu era cúmplice das mágoas secretas de homens esquivos, desconhecidos. Na maioria dos casos eu nada havia feito para estimular as confidências – frequentemente fingia sonolência, preocupação ou um desprezo hostil quando percebia por algum sinal inequívoco que uma revelação íntima estava se movendo no horizonte; pois as revelações íntimas dos homens jovens, ou pelo menos os termos em que eles as expressam, costumam ser plágios ou então são desfiguradas por óbvias omissões. Ponderar os julgamentos é questão de esperança infinita. Ainda tenho certo temor de cometer um erro se esquecer que, como meu pai afirmava pretensiosamente e eu pretensiosamente repito, a noção das regras básicas do decoro é distribuída de modo desigual no nascimento.

E, depois de assim me vangloriar da minha tolerância, preciso admitir que ela tem um limite. A base da conduta pode ser a rocha dura ou os pântanos úmidos, mas depois de certo ponto isso já não me importa. Quando voltei do Leste, no outono passado, percebi em mim um desejo de que o mundo fosse uniforme e estivesse para sempre em uma espécie de alerta moral; não queria mais excursões turbulentas com vislumbres privilegiados das profundezas do coração humano. Somente Gatsby, o homem que dá nome a este livro, ficou isento da minha reação – Gatsby, que representava tudo aquilo pelo qual tenho um autêntico desdém. Se a personalidade é uma série contínua de gestos bem-sucedidos, havia nele algo muito bonito, uma elevada sensibilidade para as promessas da vida, como se ele fosse aparentado com uma dessas máquinas intrincadas que registram terremotos a quinze mil quilômetros de distância. Essa presciência não tinha nenhuma relação com a débil impressionabilidade que o termo "temperamento criativo" dignifica – era um talento extraordinário para a esperança, uma prontidão para o romance que nunca encontrei em outra pessoa e provavelmente não voltarei a encontrar. Não; Gatsby se revelou correto no final. Foi o mergulho de rapinador sobre Gatsby, aquela poeira imunda que flutuou no rastro dos seus sonhos, que afastou por uns tempos o interesse que me despertavam as vãs tristezas dos homens e suas efêmeras alegrias.

Minha família tinha sido proeminente, gente próspera, por três gerações, desta cidade do Meio-Oeste. Os Carraway são uma espécie de clã, e temos uma tradição de descender dos duques de Buccleuch, mas o verdadeiro fundador da minha linhagem foi o irmão do meu avô, que veio para cá em 1851, mandou para a Guerra Civil um substituto e começou o negócio de venda de ferragens por atacado de que meu pai se ocupa.



Nunca vi esse tio-avô, mas acham que eu me pareço com ele – com especial referência ao retrato pintado dependurado no escritório do meu pai, que mostra um tipo durão. Concluí meu curso em New Haven em 1915, quando se completava um quarto de século da formatura do meu pai, e pouco depois participei da protelada migração teutônica conhecida como Grande Guerra. O contra-ataque de surpresa me agradou tanto que ao voltar para casa me senti inquieto. Em vez de ser o centro caloroso do universo, o Meio-Oeste agora me parecia a sua borda esfarrapada. Assim, resolvi ir para o Leste e aprender o negócio de títulos. Todo mundo que eu conhecia estava no negócio de títulos, o que me fez acreditar que ele comportaria mais um. Meus tios e tias falavam muito sobre isso, como se estivessem escolhendo o colégio onde eu me prepararia para a universidade, e finalmente disseram: "Ah, sim, sim", com uma expressão muito grave e hesitante. Meu pai concordou em me sustentar durante um ano, e depois de vários adiamentos fui para o Leste, permanentemente – achava eu –, na primavera de 1922.

A solução mais prática seria alugar um quarto na cidade, mas estávamos em uma estação quente, e eu havia acabado de deixar uma casa do interior com amplos gramados e árvores amigáveis, então, quando um jovem do escritório sugeriu que alugássemos juntos uma casa em uma cidade-dormitório, a ideia me pareceu ótima. Ele encontrou a casa, uma cabana frágil e desgastada pelas intempéries que custaria oitenta dólares por mês, mas no último minuto a empresa o mandou para Washington, e eu me mudei sozinho para a casa. Tinha comigo um cachorro – pelo menos o tive por alguns dias, até ele fugir –, um Dodge velho, e uma finlandesa que arrumava minha cama, me preparava o café da manhã e resmungava sabedoria finlandesa para si mesma diante do fogão elétrico.



Durante um dia ou pouco mais que isso me senti solitário, mas uma manhã um homem que havia chegado depois de mim me parou na estrada.

– Como é que eu vou para West Egg? – indagou ele desamparado.

Eu lhe disse. E, ao prosseguir no meu caminho, já não estava sozinho. Eu era um guia, um descobridor de rotas, um colonizador que chegara antes. Sem querer, ele me havia conferido a liberdade de circular pelo lugar.

E então, com a luz do sol e as magníficas explosões de folhas que crescem nas árvores do mesmo modo como as coisas crescem nos filmes projetados em câmera acelerada, tive aquela conhecida convicção de que a vida estava começando novamente com o verão.

Em primeiro lugar, havia muita coisa para ler e muita saúde a ganhar com o ar novo que eu respirava. Comprei uma dezena de livros sobre bancos, crédito e títulos de investimento, e eles ficaram na prateleira, com suas capas vermelhas e douradas como o dinheiro novo saído da casa da moeda, prometendo desvelar os brilhantes segredos que somente Midas, Morgan e Mecenas conheciam. E, aliás, eu tinha a firme intenção de ler muitos outros livros. Na faculdade eu era até certo ponto um homem das letras – houve um ano em que escrevi uma série de editoriais muito solenes e óbvios para o *Yale News* –, e agora ia trazer de volta para a minha vida todas aquelas coisas e me tornar novamente o mais limitado de todos os especialistas, o "homem ilustrado". Isso não é apenas um epigrama – afinal de contas, de uma única janela vemos muito melhor a vida.

Por circunstâncias fortuitas, aluguei uma casa em uma das comunidades mais estranhas da América do Norte. Ficava naquela ilha estreita e luxuriante que se estende a leste de Nova York e onde, entre outras curiosidades naturais, há duas formações de terra incomuns. A trinta quilômetros da cidade, um par de enormes ovos, de contorno idêntico e separados apenas por uma baía que está ali por cortesia, se projeta dentro do mais domesticado corpo de água salgada do hemisfério ocidental, o magnífico curral aquático do estreito de Long Island. Não são ovais perfeitos – como no ovo da história de Colombo, a extremidade de contato de ambos é chata –, mas sua semelhança física deve ser uma fonte de eterna admiração para as gaivotas que voam sobre eles. Para os que não têm asas, um fenômeno mais interessante é a sua dessemelhança em todos os detalhes que não a forma e o tamanho.

Morei em West Egg, o... bem, o menos elegante dos dois, embora esse seja um rótulo muito superficial para expressar o contraste bizarro e não pouco sinistro que há entre eles. Minha casa ficava na extremidade do ovo, a cerca de cinquenta metros do estreito e espremida entre duas residências enormes, alugadas por vinte a trinta mil por toda a estação. A que ficava à minha direita era, por qualquer critério que a considerássemos, uma coisa colossal – uma imitação cabal de algum Hôtel de Ville da Normandia, com uma torre de um lado, novíssima sob a fina barba de hera tosca, com uma piscina de mármore e mais de quarenta acres de gramado e jardim. Era a casa de Gatsby. Ou melhor, como eu não conhecia o sr. Gatsby, era uma mansão habitada por um cavalheiro com esse nome. Minha casa era uma monstruosidade, mas uma monstruosidade pequena e construída num plano elevado, e assim eu tinha uma vista do mar, uma vista parcial do gramado do meu vizinho e a confortadora proximidade de milionários – tudo isso por oitenta dólares mensais.

Do outro lado da baía de cortesia, os palácios brancos do elegante East Egg cintilavam ao longo da água, e a história do verão começa de fato na noite em que fui de carro até lá para jantar com os Tom Buchanan. Daisy era uma prima minha em segundo grau que a certa altura da vida se afastara, e quanto a Tom, tínhamos nos conhecido na faculdade. Logo depois da guerra eu havia passado dois dias com eles em Chicago.

O marido dela, entre várias façanhas físicas, tinha sido um dos melhores pontas do futebol americano de New Haven – era de certo modo uma figura nacional, um desses homens que aos vinte e um anos atingem uma excelência tão absoluta num campo restrito que tudo o que lhes acontece depois parece um anticlímax. Vinha de uma família absurdamente rica – até na faculdade sua liberalidade com o dinheiro era censurada –, mas agora eles tinham saído de Chicago, e a vinda para o Leste acontecera de um modo que deixou quase sem fôlego as pessoas: por exemplo, ele trouxe de Lake Forest uma quantidade de pôneis para o jogo de polo. Era difícil acreditar que um homem da minha geração fosse rico o suficiente para fazer isso.



Não sei por que o casal veio para o Leste. Eles tinham passado um ano na França, sem nenhuma razão especial, e depois vagaram de um lugar para outro, inquietos, parando onde quer que as pessoas jogassem polo e fossem ricas como eles. Agora era uma mudança permanente, disse Daisy ao telefone, mas eu não acreditei – embora não soubesse o que se passava no coração dela, eu sentia que Tom continuaria vagando para sempre, buscando um tanto saudosamente a turbulência dramática de algum jogo de futebol irrecuperável.

E assim, em um entardecer quente e batido de vento, fui de carro até East Egg para ver dois velhos amigos que eu mal conhecia. A casa deles era ainda mais refinada do que eu imaginara, uma alegre mansão vermelha e branca em estilo colonial georgiano, com vista para a baía. O gramado começava na praia e percorria quatrocentos metros até a porta da frente, saltando sobre relógios de sol, caminhos de tijolos e jardins coloridos; quando finalmente chegava à casa, derivava por um aclive lateral até um esplêndido grupo de vinhas, como se para esgotar o ímpeto da sua corrida. A fachada era vazada por uma fileira de portas-janelas que naquela hora brilhavam com os reflexos dourados e estavam escancaradas para receber o vento da noite cálida. No alpendre, Tom Buchanan, em roupas de montaria, estava de pé com as pernas afastadas.



Ele havia mudado desde os anos de New Haven. Era agora um trintão robusto e de cabelo cor de palha, com uma boca muito dura e um jeito presunçoso. Dois olhos brilhantes e arrogantes tinham firmado seu domínio naquele rosto e o faziam parecer estar sempre inclinando-se agressivamente para a frente. Nem mesmo o estilo efeminado das suas roupas de montaria ocultava a enorme força daquele corpo – seus pés pareciam não deixar folga nas botas brilhantes e até pressioná-las na altura do laço, e podia-se ver um grande volume de músculos se deslocando quando seu ombro se movia sob o paletó fino. Era um corpo capaz de exercer uma enorme força – um corpo cruel.

Tom falava com uma voz de tenor rouca e grosseira, o que contribuía para a impressão de intratabilidade que ele transmitia. Havia nela um quê de desprezo condescendente, mesmo em relação às pessoas de quem ele gostava – e em New Haven alguns rapazes o odiavam.

"Mas não pense que a minha opinião sobre essas questões é definitiva", ele parecia dizer, "só porque sou mais forte e mais homem que você". Pertencíamos à mesma sociedade de alunos do quarto ano, e, embora nunca tivéssemos sido íntimos, eu sempre achara que, com a avidez ríspida e atrevida que lhe era própria, ele me estimava e queria que eu gostasse dele.

Conversamos por alguns minutos no alpendre ensolarado.

– Tenho uma casa agradável aqui – disse ele com os olhos inquietos faiscando de um lado para outro.



Enquanto me fazia virar tocando-me o braço, passeou pelo panorama diante de nós a mão larga e espalmada, numa varredura que incluía um jardim italiano rebaixado – meio acre de rosas de cores fortes e perfume penetrante – e uma lancha com a proa pontuda e arrebitada que a maré de alto-mar fazia se mover aos solavancos.

– Pertencia a Demaine, o homem do petróleo. – Ele me fez tornar a virar, polida e abruptamente. – Vamos entrar.

Passamos por um corredor com pé-direito alto e entramos em um luminoso espaço cor-de-rosa que em uma das extremidades se ligava delicadamente à casa por portas-janelas. As portas-janelas estavam abertas, e sua pintura branca brilhava contra a grama fresca que parecia querer invadir a casa. Uma brisa penetrou na sala, agitou as cortinas para dentro em uma ponta e para fora na outra, como bandeiras claras, enroscou-as para cima em direção ao glacê de bolo de noiva do teto e, ao encrespá-las por fim sobre o tapete cor de vinho, fez nele uma sombra, como faz o vento no mar.

O único objeto totalmente estático na sala era um sofá enorme onde duas mulheres jovens flutuavam como sobre um balão ancorado. Estavam ambas de branco, e seus vestidos ondulavam e se agitavam como se elas tivessem acabado de ser sopradas até ali depois de um breve voo pela casa. Devo ter me demorado ali um pouco, de pé, atento ao farfalhar das cortinas e ao queixume de um quadro na parede. Então houve um estrondo quando Tom Buchanan fechou as portas dos fundos, fazendo cessar o vento que havia na sala e levando as cortinas, os tapetes e as duas mulheres do balão a aterrissar lentamente.



A mais jovem eu não conhecia. Estava totalmente espichada na sua extremidade do divã, em absoluta imobilidade e com o queixo um pouco levantado, como se nele equilibrasse algo que tinha grande probabilidade de cair. Se ela me viu pelo canto do olho, não deu sinal disso – na verdade, eu quase me peguei murmurando um pedido de desculpa por tê-la perturbado entrando ali.

A outra jovem, Daisy, fez menção de se levantar – curvou ligeiramente o corpo para a frente com uma expressão conscienciosa – e então riu, uma risadinha absurda, encantadora, e eu ri também e avancei pela sala.

– Estou p-paralisada de felicidade.

Ela riu novamente, como se tivesse dito algo muito espirituoso, e prolongou um pouco nosso aperto de mãos, erguendo o olhar para o meu rosto, declarando que não havia no mundo ninguém que ela quisesse tanto ver. Era o jeito dela. Disse num murmúrio que o sobrenome da moça equilibrista era Baker. (Já haviam me dito que o murmúrio de Daisy era apenas para fazer as pessoas se inclinarem na sua direção; uma crítica nada pertinente, que não diminuía minimamente o seu encanto.)

De qualquer forma, os lábios da srta. Baker tremeram, ela meneou quase imperceptivelmente a cabeça para mim e depois voltou a tombá-la para trás – o objeto que estava sendo equilibrado havia obviamente oscilado um pouco, o que pareceu assustá-la. De novo chegou até os meus lábios um pedido de desculpa. As exibições de total autossuficiência quase sempre me inspiram uma aturdida reverência.

Voltei a olhar para a minha prima, que começou a me fazer perguntas naquela voz baixa, cativante. Era o tipo de voz cujas modulações o ouvido acompanha, como se cada fala fosse uma disposição de notas que nunca mais se repetirá. Seu rosto era triste e encantador, cheio de coisas brilhantes, olhos brilhantes e uma boca apaixonada e brilhante, mas havia na sua voz uma emoção difícil de ser esquecida pelos homens que tinham gostado dela: uma compulsão cantada, um "ouça" sussurrado, uma proclamação de que ela acabara de fazer coisas alegres, instigantes, e que coisas alegres, instigantes, estavam por acontecer na próxima hora.

Contei-lhe que na viagem para o Leste havia parado por um dia em Chicago e que uma dezena de pessoas lhe mandara lembranças por meu intermédio.

– Eles sentem a minha falta? – gritou ela em êxtase.

– A cidade inteira está desolada. Todos os carros têm a roda esquerda traseira pintada de preto como uma coroa fúnebre, e na margem norte do lago se ouve durante toda a noite um choro persistente.

– Que coisa formidável! Vamos voltar, Tom. Amanhã! – Então ela acrescentou, sem transição: – Você precisa ver a minha filha.

– Eu gostaria.

– Ela está dormindo. Tem três anos. Você não a conhece?

– Não.

– Ah, mas precisa conhecer. Ela...

Tom Buchanan, que estivera andando pela sala o tempo todo, se deteve e pousou a mão no meu ombro.



– O que é que você está fazendo, Nick?

– Trabalho com títulos.

– Com quem?

Eu lhe disse.

– Nunca ouvi falar nesse pessoal – declarou ele em tom categórico.

Isso me aborreceu.

– Vai ouvir – respondi concisamente. – Vai ouvir, se ficar no Leste.

– Ah, eu vou ficar no Leste, não se preocupe – disse ele olhando obliquamente para Daisy e de volta para mim, como se estivesse alerta para alguma outra coisa. – Eu seria muito idiota se fosse morar em qualquer outro lugar.

Nesse ponto a srta. Baker disse: – Claro! – tão subitamente que eu me assustei – era a primeira palavra que ela pronunciava desde a minha chegada na sala. Sua surpresa foi igual à minha, isso ficou evidente, pois ela bocejou e, com uma série de movimentos rápidos e hábeis, se pôs de pé.

– Fiquei dura – queixou-se ela. – Estou nesse sofá há nem sei quanto tempo.

– Não olhe para mim – replicou Daisy –, tentei levar você para Nova York durante toda a tarde.

– Não, obrigada – disse a srta. Baker para os quatro coquetéis que acabavam de entrar, vindos da despensa. – Estou definitivamente em treino.

Seu anfitrião olhou-a, incrédulo.

– Você! – Ele tragou sua bebida como se fosse uma gota no fundo de um copo. – Não posso imaginar como é que você consegue fazer alguma coisa.

Olhei para a srta. Baker, perguntando-me o que ela havia "conseguido fazer". Gostei de olhá-la. Tinha um corpo miúdo, seios pequenos e uma postura ereta que ela acentuava levando os ombros para trás, como um jovem cadete. Seu rosto era pálido, encantador e descontente, e nele os olhos cinza que o sol fazia se contraírem me olharam com uma educada curiosidade recíproca. Ocorreu-me nesse momento que eu já a havia visto ou vira uma foto dela em algum lugar.

– Você mora em West Egg – observou ela com menosprezo. – Conheço uma pessoa lá.

– Eu não conheço absolutamente...

– Você deve conhecer o Gatsby.

– Gatsby? – indagou Daisy. – Que Gatsby?

Antes de eu poder responder que ele era meu vizinho, anunciaram o jantar. Introduzindo imperativamente seu braço tenso sob o meu, Tom Buchanan me fez sair da sala como se estivesse deslocando uma peça de xadrez no tabuleiro.

As duas jovens delgadas e lânguidas nos precederam, as mãos pousadas de leve nos quadris, e deixamos a sala para entrar em uma varanda cor-de-rosa aberta para o crepúsculo, onde, ao sopro atenuado do vento, quatro velas bruxuleavam na mesa.

– Por que *velas*? – protestou Daisy franzindo as sobrancelhas, e imediatamente as apagou com os dedos. – Dentro de duas semanas será o dia mais longo do ano. – Ela nos olhou, radiante. – Vocês também aguardam o dia mais longo do ano e depois deixam que ele passe sem aproveitá-lo? Eu sempre espero pelo dia mais longo do ano e depois não o aproveito.

– Devíamos pensar em alguma coisa – bocejou a srta. Baker sentando-se à mesa como se estivesse indo para a cama.

– Tudo bem – disse Daisy. – O que vamos planejar? – Ela se voltou para mim, desamparada: – O que é que as pessoas planejam?

Antes que eu pudesse responder, ela fitou com uma expressão assombrada o dedo mínimo.

– Olhe! – queixou-se ela. – Eu me machuquei.

Todos nós olhamos. O nó do dedo mínimo estava preto e azul.

– Foi você que fez isso, Tom – acusou ela. – Eu sei que não foi de propósito, mas *você* fez isso. É o que eu ganho por me casar com um estouvado, um brutamontes...

– Detesto essa palavra, "brutamontes" – objetou Tom contrariado –, mesmo de brincadeira.

– Brutamontes – insistiu Daisy.

Às vezes ela e a srta. Baker falavam ao mesmo tempo, reservadamente e com uma inconsequência provocadora que não chegava a ser tagarelice, tão fresca quanto seus vestidos brancos e seus olhos impessoais, vazios de qualquer desejo. Elas estavam ali e aceitavam Tom e a mim, fazendo apenas um agradável esforço polido para entreter e se entreterem. Sabiam que logo o jantar acabaria e pouco depois a noite também acabaria e seria descartada com indiferença. Aquilo era muito diferente do Oeste, onde a noite passava aceleradamente de uma fase para outra até acabar, em uma expectativa continuamente frustrada ou então na pura inquietação nervosa do próprio momento.



– Você faz com que eu me sinta um selvagem, Daisy – confessei, bebendo a segunda taça de clarete com gosto de rolha, mas ainda assim notável. – Não dá para falar sobre safras ou algo do tipo?

Não quis dizer nada em especial com essa observação, mas ela foi considerada de um modo inesperado.

– A civilização está se despedaçando – irrompeu Tom violentamente. – Estou me tornando um terrível pessimista. Você leu *A ascensão dos impérios da cor*, escrito por um sujeito chamado Goddard?

– Não – respondi, um tanto surpreso com o seu tom.

– Bom, é um livro formidável, que todo mundo devia ler. A ideia é que, se não tomarmos cuidado, a raça branca vai acabar sendo... vai acabar sendo totalmente submersa. É uma coisa científica; foi provada.

– O Tom está ficando muito profundo – disse Daisy com uma expressão de vaga tristeza. – Ele lê livros profundos com palavras compridas. Qual era mesmo aquela palavra que nós...

– Bom, esses livros são todos científicos – insistiu Tom, relanceando os olhos para ela, impaciente. – Esse sujeito desenvolveu toda a tese. Cabe a nós, que somos a raça dominante, tomar cuidado, do contrário o controle das coisas ficará com outras raças.

– Precisamos derrotar essas raças – sussurrou Daisy, piscando ferozmente com o rosto voltado para o sol escaldante.



– Você precisa morar na Califórnia... – começou a srta. Baker, mas Tom a interrompeu, mexendo-se estouvadamente na cadeira.

– A ideia é que nós somos nórdicos. Eu sou, você é, você é, e... – Depois de uma hesitação infinitesimal, ele incluiu Daisy com um leve meneio de cabeça, e ela piscou para mim. – ... E nós produzimos todas as coisas que compõem a civilização... ah, ciência e arte, e tudo mais. Percebe?

Havia algo de patético na sua concentração, como se a sua presunção, mais manifesta que nos velhos tempos, já não lhe fosse suficiente. Quando, quase imediatamente, o telefone tocou dentro da casa e o mordomo saiu da varanda, Daisy aproveitou a interrupção momentânea e se inclinou para mim.

– Vou lhe contar um segredo de família – sussurrou ela entusiasmada. – É sobre o nariz do mordomo. Você quer que eu lhe fale do nariz do mordomo?

– Vim aqui hoje só para saber isso.

– Bom, ele não foi sempre mordomo; ele era o polidor da prata de alguns nova-iorquinos que tinham um serviço de prata para duzentas pessoas. Precisava polir prata da manhã até a noite, e por fim isso começou a prejudicar o seu nariz...

– As coisas foram de mal a pior – disse a srta. Baker.

– Isso. As coisas foram de mal a pior, até que finalmente ele precisou desistir daquela ocupação.

Por um momento a última luz do sol incidiu com afeição romântica sobre o seu rosto radiante; sua voz me obrigou a prender a respiração e me inclinar para a frente enquanto ouvia. Depois o brilho se esvaeceu, todas as luzes a abandonaram com um pesar prolongado, como crianças que têm de deixar a rua em que se divertem porque já está escurecendo.



O mordomo voltou e murmurou algo perto da orelha de Tom, o que o fez franzir as sobrancelhas, empurrar para trás a cadeira e entrar sem dizer palavra. Daisy voltou a se inclinar para a frente, a voz cristalina e cantante, como se a ausência do marido ativasse algo dentro de si.

– Adoro ver você à minha mesa, Nick. Você me faz lembrar um... uma rosa, uma rosa perfeita. Ele não lembra uma rosa? – Ela se voltou para a srta. Baker, querendo uma confirmação. – Uma rosa perfeita?

Aquilo não era verdade. Eu nem de longe pareço uma rosa. Ela estava apenas falando sem pensar, mas um calor empolgante fluía dela, como se seu coração estivesse tentando alcançar as pessoas disfarçado em uma daquelas palavras ofegantes, arrebatadoras. Então, subitamente, ela atirou o guardanapo na mesa, desculpou-se e entrou na casa.

A srta. Baker e eu trocamos um breve olhar intencionalmente destituído de significado. Eu ia começar a falar, mas ela se empertigou, cautelosa, e disse: – Psss – num tom de advertência. Ouvia-se um murmúrio abafado e arrebatado vindo da sala próxima, e sem a menor cerimônia a srta. Baker avançou o dorso, tentando ouvir. O murmúrio se agitou, tornando-se quase inteligível, baixou aos poucos, subiu agitadamente e depois cessou por completo.

– Esse senhor Gatsby que você mencionou é meu vizinho... – comecei.



– Não fale. Eu quero saber o que está acontecendo.

– Está acontecendo alguma coisa? – indaguei inocentemente.

– Quer dizer que você não sabe? – perguntou a srta. Baker, genuinamente surpresa. – Achei que todo mundo soubesse.

– Eu não sei.

– Nossa... – disse ela, hesitante. – Tom arranjou uma mulher em Nova York.

– Arranjou uma mulher? – repeti sem expressão.

A srta. Baker balançou afirmativamente a cabeça.

– Ela podia ter a decência de não telefonar para ele na hora do jantar. Você não acha?

O farfalhar de um vestido e o ranger de botas de couro chegaram antes da minha percepção do significado das palavras dela, e Tom e Daisy estavam de volta à mesa.

– Não deu para evitar! – gritou Daisy com uma alegria nervosa.

Ela se sentou, olhou inquisitivamente para a srta. Baker e depois para mim, e então prosseguiu:

– Fiquei olhando lá para fora um pouquinho. Muito romântico. Um pássaro está pousado na grama, e eu acho que é um rouxinol que veio em algum navio da Cunard ou da White Star Line. Está cantando sem parar... – Sua voz cantou: – Romântico, não é, Tom?

– Muito romântico – concordou ele, e em seguida me disse com um ar aflito: – Se depois do jantar ainda houver luz suficiente, quero levá-lo até os estábulos.

O telefone tocou dentro da casa, deixando-nos tensos, e, quando Daisy fez com a cabeça um sinal decisivo para Tom, não só o tema dos estábulos, mas na verdade todos os temas desapareceram no ar. Entre os fragmentos esparsos dos últimos cinco minutos à mesa, lembro-me das velas sendo novamente acesas sem nenhum propósito e de eu estar ciente de querer olhar diretamente para todos, e no entanto evitar todos os olhares. Não podia imaginar o que Daisy e Tom estariam pensando, mas duvido que mesmo a srta. Baker, que parecia resistentemente cética, fosse capaz de ignorar a aguda insistência metálica daquele quinto convidado. Para alguns temperamentos a situação poderia ter parecido interessante, mas meu impulso era telefonar imediatamente para a polícia.



Os cavalos – nem preciso dizer – não voltaram a ser mencionados. Tom e a srta. Baker, separados por uma faixa de crepúsculo, voltaram para a biblioteca, como se para fazer uma vigília ao lado de um corpo perfeitamente tangível, enquanto, tentando parecer agradavelmente interessado e um pouco surdo, eu segui Daisy por uma série de varandas interligadas até o alpendre mergulhado em sombras profundas. Ali nos sentamos lado a lado em um sofá de vime.

Daisy levou as mãos ao rosto, como se sentindo as suas formas encantadoras, e ergueu lentamente o olhar para o lusco-fusco aveludado. Percebi que ela estava tomada por emoções turbulentas, então lhe fiz o que me pareceu serem perguntas calmantes sobre sua filha.

– Nós não nos conhecemos muito bem, Nick – disse ela subitamente. – Mesmo sendo primos. Você não foi ao meu casamento.



– Eu ainda não tinha voltado da guerra.

– É verdade. – Ela hesitou. – Bom, eu passei por maus bocados, Nick. Fiquei muito descrente com relação a tudo.

Evidentemente, ela tinha razões para isso. Esperei, mas ela não disse mais nada, e depois de algum tempo voltei sem muita firmeza ao assunto da garota.

– Imagino que ela já converse e... coma sozinha, e tudo mais.

– Ah, sim. – Ela me dirigiu um olhar ausente. – Escute, Nick; vou lhe contar o que eu disse quando ela nasceu. Você quer ouvir?

– Quero muito.

– Isso vai lhe mostrar como eu passei a me sentir com relação a... às coisas. Bom, ela tinha nascido menos de uma hora antes, e Tom estava sei lá onde. Eu acordei da anestesia com um sentimento de total abandono e perguntei imediatamente à enfermeira se era menino ou menina. Ela me disse que era menina, e então eu virei a cabeça para o lado e chorei. "Tudo bem", disse eu. "Estou feliz por ser menina. E espero que ela seja uma tonta. É a melhor coisa que uma menina pode ser neste mundo: uma tontinha linda."

Segura do que dizia, prosseguiu:

– Agora eu estou achando tudo horrível, de qualquer forma. Todo mundo acha isso; as pessoas mais evoluídas. E eu *sei*. Eu já estive em toda parte, já vi tudo e já fiz de tudo. – Ela olhou em torno desafiadoramente, de um modo muito parecido com o de Tom, e riu com um escárnio penetrante. – Eu conheço a vida... Meu Deus, eu conheço a vida.



No instante em que sua voz se calou, deixando de buscar a minha atenção, de me constranger a acreditar, eu senti a insinceridade essencial do que ela havia dito. Isso me deixou contrafeito, como se a noite toda tivesse sido uma espécie de truque para extorquir de mim a minha parcela de emoção. Esperei, e efetivamente ela me olhou com uma careta naquele rosto encantador, como se tivesse reafirmado sua participação em uma sociedade secreta muito ilustre à qual ela e Tom pertenciam.

Dentro da casa, a sala vermelha era uma festa de luz. Tom e a srta. Baker estavam sentados nas duas extremidades do longo sofá, e ela lia para ele em voz alta o *Saturday Evening Post* – as palavras, murmuradas e sem inflexão, compunham uma canção calmante. A luz das lâmpadas, vibrante nas botas dele e mais sombria no amarelo de folha outonal do cabelo dela, brilhou no papel quando ela virou a página com uma leve contração dos músculos delgados do braço.

Quando nós entramos, ela nos manteve calados por um momento com a mão erguida.

– Continua – disse ela jogando a revista na mesa – no próximo número.

Ela mudou de posição com um movimento inquieto do joelho e se pôs de pé.

– Dez horas – disse ela, parecendo ver as horas anunciadas no teto. – Hora de uma boa menina ir para a cama.



– Jordan vai jogar no torneio amanhã – explicou Daisy –, em Westchester.

– Ah... você é a *Jordan* Baker.

Então eu soube por que seu rosto me era familiar. Aquela expressão agradavelmente desdenhosa olhara para mim em muitas imagens em rotogravura sobre a vida esportiva de Asheville, Hot Springs e Palm Beach. Além disso, eu já ouvira alguma história sobre ela, alguma crítica desagradável, mas a esquecera havia muito tempo.

– Boa noite – disse ela suavemente. – Me acorde às oito, por favor.

– Será que você vai se levantar?

– Vou, sim. Boa noite, senhor Carraway. Nos vemos por aí.

– Claro – confirmou Daisy. – Na verdade, acho que vou providenciar um casamento. Volte sempre, Nick, e eu vou... ah... grudar vocês um no outro. Coisas do tipo... deixar vocês presos por acidente em closets de roupa de cama e empurrar os dois num barco para o mar...

– Boa noite – gritou da escada a srta. Baker. – Não ouvi absolutamente nada.

– Ela é uma moça simpática – disse Tom logo depois. – Não deviam deixá-la viver essa vida, indo de um lado para outro do país.

– Quem não devia deixar? – indagou Daisy friamente.

– A família dela.

– A família dela é uma tia de uns cem anos de idade. Além disso, Nick vai cuidar dela, não vai, Nick? Ela vai passar muitos fins de semana aqui neste verão. Acho que a influência de um lar será muito boa para ela.



Daisy e Tom se olharam em silêncio por um momento.

– Ela é de Nova York? – apressei-me a perguntar.

– De Louisville. Passamos lá juntas a nossa infância inocente. Nossa linda infância...

– Você teve com o Nick, lá na varanda, uma conversinha de coração aberto? – perguntou Tom subitamente.

– Tive? – Ela olhou para mim. – Acho que não me lembro, mas parece que nós conversamos sobre a raça nórdica. Isso, tenho certeza de que foi esse o assunto. Não sei como foi que ele entrou na conversa, mas de repente...

– Não acredite em tudo o que lhe disserem, Nick – aconselhou-me Tom.

Respondi descontraidamente que não tinham me dito nada, e poucos minutos depois me levantei para ir embora. Eles me acompanharam até a porta e ficaram lado a lado em um alegre quadrado de luz. Quando liguei o motor, Daisy gritou peremptoriamente:

– Espere! Esqueci de perguntar uma coisa, e é importante. Ficamos sabendo que você estava noivo de uma moça no Oeste.

– É mesmo – confirmou Tom com simpatia. – Soubemos que você estava noivo.

– Isso é uma calúnia. Eu sou pobre demais.

– Mas nos disseram isso – insistiu Daisy, surpreendendo-me por se abrir de novo como uma flor. – Três pessoas nos disseram isso, portanto deve ser verdade.



Claro que eu sabia a que eles estavam se referindo, mas aquela história não tinha nenhum fundo de verdade. O fato de haver rumores de publicação de proclamas foi uma das razões da minha ida para o Leste. Eu não via sentido em deixar de sair com uma velha amiga unicamente por causa de mexericos, e por outro lado não tinha intenção de ser levado a me casar unicamente por causa disso.

O interesse deles me agradou e os tornou menos inacessivelmente ricos, mas ao me afastar no carro eu me sentia confuso e um pouco aborrecido. Achava que o que Daisy tinha de fazer era sair correndo daquela casa com a filha nos braços, mas ela não parecia ter essa ideia na cabeça. Quanto a Tom, na verdade o fato de ele ter "arranjado uma mulher em Nova York" me parecia menos surpreendente que a sua depressão por causa de um livro. Algo o estava levando a mordiscar as bordas de ideias bolorentas, como se a vigorosa vaidade pelo seu físico já não alimentasse mais aquele coração ditatorial.

À beira da estrada, o alto verão se mostrava no teto das casas e nos acessos dos postos de gasolina, onde bombas vermelhas novinhas em folha se erguiam em poças de luz, e quando cheguei à minha casa em West Egg dirigi o carro até o abrigo e me sentei por algum tempo em um rolo de grama abandonado no pátio. O vento arrefecera, e a noite era sonora, clara, com ruídos de asas na copa das árvores e um som persistente de órgão, como se os plenos pulmões da terra soprassem nas rãs o hausto que lhes dá vitalidade. A silhueta de um gato em movimento ondulou ao luar, e, ao girar a cabeça para observá-lo, vi que não estava só: a uns quinze metros de distância uma figura havia saído da sombra da mansão do meu vizinho e estava de pé com as mãos nos bolsos, olhando os pontos prateados das estrelas. Algo em seu modo calmo de se mover e a posição segura dos pés no gramado me indicaram que era o próprio sr. Gatsby, que saíra para verificar que parte lhe cabia no céu daquele lugar.



Resolvi chamá-lo. A srta. Baker o tinha mencionado durante o jantar, e isso serviria como apresentação. Mas não o chamei, pois subitamente ele deu mostras de estar se comprazendo naquela solidão: estendeu curiosamente os braços para o mar e, apesar da distância entre nós, eu poderia ter jurado que ele estava tremendo. Involuntariamente olhei na direção do mar, e não distingui nada além de uma única luz verde, minúscula e muito distante, que talvez fosse a extremidade de um desembarcadouro. Quando voltei a olhar para Gatsby, ele havia desaparecido, e eu estava novamente sozinho na escuridão ruidosa.

# 2

Mais ou menos a meio caminho entre West Egg e Nova York, a rodovia se aproxima subitamente da ferrovia, e as duas correm paralelas durante quatrocentos metros para evitar uma área desolada que existe ali. É um vale de cinzas – um lugar fantástico onde as cinzas crescem como trigo nas encostas, nos montes e nos horrendos jardins; onde as cinzas assumem a forma de casas, chaminés e fumaça que sobe, e finalmente, em um esforço extraordinário, de homens cinzentos que se deslocam obscuramente, desfazendo-se no ar poeirento. Vez por outra um comboio de vagões cinza rasteja por trilhos invisíveis, emite um rangido apavorante e descansa, e imediatamente uma multidão de homens cinzentos carregando enormes pás revolve uma nuvem impenetrável que oculta da nossa visão suas obscuras operações.

Mas sobre a terra cinzenta e as massas de poeira desoladora que acima dela vagam incessantemente se percebem, depois de algum tempo, os olhos do dr. T. J. Eckleburg. Os olhos do dr.

T. J. Eckleburg são azuis e gigantescos – suas retinas têm quase um metro de altura. Não olham de um rosto, e sim através de um enorme par de óculos amarelos que se apoia em um nariz inexistente. Obviamente, um oftalmologista imaginativo os pôs lá para engordar sua clínica no bairro de Queens e depois mergulhou na cegueira eterna ou os esqueceu e se mudou dali. Mas os seus olhos, um pouco vagos por estarem há muito tempo sob o sol e a chuva sem receberem tinta, ficam ali cismando sobre o lúgubre terreno de despejo.

O vale das cinzas é limitado de um lado por um riozinho imundo, e, quando a ponte levadiça sobe para permitir a passagem de barcaças, os passageiros dos trens que ficam à espera podem contemplar durante meia hora aquela cena lúgubre. Sempre há uma parada de pelo menos um minuto naquele lugar, e foi graças a ela que eu conheci a amante de Tom Buchanan.



O fato de ele ter uma amante era comentado insistentemente onde quer que o conhecessem. As pessoas se incomodavam muito por ele aparecer com ela em cafés populares e, deixando-a a uma mesa, ficar circulando, conversando com quem quer que fosse seu conhecido. Embora estivesse curioso por vê-la, eu não tinha nenhuma vontade de encontrá-la – mas a encontrei. Uma tarde, estava indo de trem com Tom para Nova York, e quando paramos perto dos montes de cinzas ele se levantou e, pegando no meu cotovelo, literalmente me tirou à força do vagão.

– Vamos sair – insistiu ele. – Quero que você conheça a minha garota.

Acho que ele tinha enchido o tanque no almoço, e aquela determinação de ter a minha companhia beirava a violência. Sua suposição arrogante era que na tarde de domingo eu não tinha nada melhor para fazer.

Eu o segui ao longo da ferrovia por uma cerca pintada de branco, e caminhamos ambos de volta por quase um quilômetro na rodovia, sob o persistente olhar do dr. Eckleburg. O único prédio à vista era um pequeno bloco de tijolo amarelo que se erguia na extremidade da área de despejo, servido por uma espécie de Rua Principal diminuta e contígua a absolutamente nada. Uma das suas três lojas estava para alugar, e outra era um restaurante aberto durante toda a noite, ao qual se chegava por uma trilha de cinzas; a terceira era um posto de gasolina – "CONSERTOS. GEORGE B. WILSON. COMPRA E VENDA DE CARROS" –, e ali eu entrei logo depois de Tom.



O interior era pobre e nu; o único carro visível era a ruína empoeirada de um Ford meio arriado em um canto escuro. Passou pela minha cabeça que aquele simulacro de oficina devia ser uma fachada e que no andar superior se escondiam apartamentos, mas o proprietário apareceu na porta de uma sala limpando as mãos em um pedaço de estopa. Era um homem loiro, desanimado e anêmico, mas não era feio. Quando nos viu, um úmido brilho de esperança assomou aos seus olhos azul-claros.

– Olá, Wilson, meu velho – disse Tom, dando-lhe no ombro um tapinha jovial. – Como vão as coisas?

– Não posso me queixar – respondeu Wilson sem chegar a convencer. – Quando o senhor vai me vender aquele carro?

– Na semana que vem; meu mecânico está trabalhando nele.

– Ele trabalha muito devagar, hein?

– Não, não trabalha – disse Tom friamente. – E se essa é a sua opinião, o melhor é eu vender o carro para outra pessoa.

– Não, eu não quis dizer isso – Wilson apressou-se a explicar. – Só quis dizer que...

Sua voz sumiu, e, impaciente, Tom correu o olhar pela oficina. Então eu ouvi passos na escada, e logo depois a figura de uma mulher bloqueou a luz vinda da porta da sala. Ela teria uns trinta e cinco anos, e seu corpo, embora um tanto avantajado, tinha a sensualidade que às vezes vemos nas mulheres cheias de carnes. Seu rosto não tinha brilho e tampouco um único traço bonito, mas percebia-se imediatamente nela uma vitalidade, como se os nervos do seu corpo estivessem sempre em lenta ardência. Ela sorriu descansadamente e, passando pelo marido como se ele fosse um fantasma, cumprimentou Tom apertando-lhe a mão e olhando-o bem nos olhos. Depois umedeceu os lábios e disse com voz suave e rouca, sem se voltar para o marido:

– Traga cadeiras, por que você não faz isso? As pessoas querem se sentar.

– Ah, claro – concordou Wilson, e apressadamente se dirigiu à salinha do escritório, fundindo-se à cor de cimento das paredes. Uma alva poeira de cinza lhe cobria a roupa escura e o cabelo claro, como fazia com tudo por ali – com exceção da sua mulher, que se aproximou de Tom.

– Quero ver você – disse Tom com um olhar concentrado. – Pegue o próximo trem.

– Tudo bem.

– Te encontro ao lado da banca de jornais do andar subterrâneo.

Ela assentiu com a cabeça e se afastou dele exatamente quando George Wilson apareceu com duas cadeiras na porta do seu escritório.

Esperamos por ela mais adiante na estrada, em um lugar não visível. Faltavam poucos dias para o Quatro de Julho, e uma criança italiana cinzenta e mirrada enfileirava foguetes ao longo da ferrovia.

– Que lugar horroroso, hein? – disse Tom, fazendo uma careta para o dr. Eckleburg.

– Terrível.

– Sair um pouco faz bem para ela.

– O marido não se opõe?

– Wilson? Acha que ela vai ver a irmã em Nova York. Ele é tão lerdo que nem sabe que está vivo.

Assim, Tom Buchanan, sua amante e eu fomos juntos para Nova York – ou nem tão juntos, porque a sra. Wilson se sentou discretamente em outro vagão. Tom fez essa grande concessão à sensibilidade dos moradores de East Egg que poderiam estar no trem.

Ela havia mudado de roupa e estava com um vestido de musselina marrom que comprimiu seus amplos quadris quando Tom a ajudou a descer para a plataforma, em Nova York. Na banca de jornais ela comprou um exemplar de *Town Tattle* e uma revista de cinema, e na *drugstore* da estação, um removedor de maquiagem e um frasquinho de perfume. Na sombria e ressonante galeria do piso superior, ela rejeitou quatro táxis antes de escolher um muito novo, cor de lavanda com estofamento cinza, e nele nós deslizamos do tumulto da estação para o sol brilhante. Mas logo que o carro começou a andar, ela subitamente desviou o rosto da janela e, inclinando-se, bateu no vidro da frente.

– Quero comprar um daqueles cachorros – disse ela com veemência. – Quero ter um no apartamento. É muito bom ter um cachorro.

O motorista deu marcha à ré até o carro chegar a um velho grisalho absurdamente parecido com John D. Rockefeller. Em um cesto dependurado no seu pescoço havia uma dezena de filhotes muito novinhos de raça indeterminada.

– De que raça eles são? – indagou a sra. Wilson ansiosamente, com a cabeça para fora da janela do táxi.



– Tem de todas as raças. Que raça a senhora quer, minha senhora?

– Eu queria ter um policial; acho que o senhor não tem essa raça.

O homem olhou cético para o cesto, mergulhou nele a mão e tirou de lá, segurando-o pela nuca, um exemplar que se contorcia.

– Isso não é um policial – disse Tom.

– Não, não é exatamente um policial – disse o homem com voz desapontada. – É mais um *airedale*. – Ele passou a mão pelas costas do filhote, que eram como uma toalha marrom felpuda. – Olhe para este pelo. Que pelo! Este cachorro nunca vai pegar um resfriado.

– Que gracinha! – disse a sra. Wilson, entusiasmada. – Quanto custa?

– Este cachorro? – Ele olhou com admiração para o bichinho. – Este cachorro custa dez dólares.

O *airedale* – sem dúvida um *airedale* entrara em algum ponto da sua história, apesar de as patas serem incrivelmente brancas – mudou de mãos e se instalou no colo da sra. Wilson, onde ela acariciou deliciada o pelo à prova de intempéries.

– É menino ou menina? – perguntou ela delicadamente.

– Esse cachorro? Esse cachorro é menino.

– É uma cadela – disse Tom, categórico. – Tome o dinheiro. Você vai poder comprar mais dez cachorros com ele.

Seguimos até a Quinta Avenida, quente e tranquila, quase bucólica naquela tarde estival de domingo. Se visse um grande rebanho de carneiros brancos virando a esquina, eu não me surpreenderia.



– Pare – disse eu. – Vou deixar vocês aqui.

– Não vai não – protestou Tom rapidamente. – Myrtle ficará ofendida se você não vier conosco para o apartamento. É ou não é, Myrtle?

– Vamos – insistiu ela. – Vou telefonar para a minha irmã Catherine. Gente que entende das coisas diz que ela é muito bonita.

– Bom, eu gostaria, mas...

Prosseguimos, cortando o Central Park em direção a West Hundreds. Na Rua 158, o táxi parou diante do que parecia ser uma fatia de um comprido bolo branco de prédios de apartamentos. Lançando para a vizinhança um majestoso olhar de familiaridade, a sra. Wilson pegou o cãozinho e suas outras compras e entrou arrogantemente.

– Vou chamar os McKee – anunciou ela enquanto subíamos no elevador. – E, lógico, também preciso ligar para a minha irmã.

O apartamento era no último andar – uma salinha, uma exígua sala de jantar, um quartinho e um banheiro. A sala de jantar estava entulhada até as portas com um conjunto de móveis estofados grandes demais para ela, e assim, para nos deslocarmos por ela, trombávamos o tempo todo com cenas de mulheres em gangorras nos jardins de Versalhes. Na parede havia apenas uma fotografia de dimensões exageradas, aparentemente uma galinha empoleirada em uma rocha desfocada. Se olhada de alguma distância, contudo, a galinha se transformava em uma touca, e o semblante de uma velha gorda sorria para a sala. Na mesa, muitos números antigos de *Town Tattle*, um exemplar de *Simon Called Peter* e algumas revistinhas de escândalos da Broadway. A sra. Wilson estava preocupada sobretudo com o cachorro. Um ascensorista relutante foi buscar uma caixa com palha e um pouco de leite, e por iniciativa própria juntou ao pedido uma lata de grandes biscoitos caninos duros – um dos quais ficou se decompondo apaticamente durante toda a tarde em um pires com leite. Enquanto isso Tom abriu a porta trancada de uma escrivaninha e trouxe de lá uma garrafa de uísque.



Eu me embebedei apenas duas vezes na vida, e a segunda vez foi naquela tarde; assim, tudo o que aconteceu tem uma aparência nublada, obscura, embora o apartamento tenha ficado inundado de sol até depois das oito horas. Sentada no colo de Tom, a sra. Wilson chamou várias pessoas ao telefone; então os cigarros acabaram, e eu saí para comprar outros na *drugstore* da esquina. Quando voltei, os dois tinham desaparecido, e assim eu me sentei discretamente na sala e li um capítulo de *Simon Called Peter*. Ou o livro era horrível ou o uísque distorceu as coisas, porque não vi nenhum sentido naquilo.

Exatamente quando Tom e Myrtle (depois do primeiro drinque a sra. Wilson e eu passamos a nos chamar pelo prenome) reapareceram, as pessoas começaram a chegar à porta do apartamento.

A irmã, Catherine, era uma mulher esguia, muito esperta, de cerca de trinta anos. Tinha o cabelo ruivo cortado curto e colado ao rosto e uma pele branco-leitosa graças à maquiagem; suas sobrancelhas haviam sido retiradas e redesenhadas em um ângulo mais arrojado, mas os esforços da natureza para voltar ao alinhamento antigo davam ao seu rosto um ar indefinido. Quando andava, ouvia-se incessantemente o chocalhar das incontáveis pulseiras de cerâmica que subiam e desciam nos seus braços. Entrou precipitadamente, como uma proprietária, e olhou para a mobília com tal ar de posse que fiquei pensando se ela moraria ali. Mas quando lhe perguntei isso ela riu com exagero, repetiu a pergunta em voz alta e disse que morava em um hotel com uma amiga.

O sr. McKee era um homem pálido, feminino, que morava no apartamento de baixo. Tinha acabado de se barbear, pois havia na maçã do seu rosto um ponto branco de espuma, e se mostrou sumamente respeitoso ao cumprimentar todos na sala.

Informou-me que estava na "carreira artística", e fiquei sabendo mais tarde que ele era fotógrafo e havia feito a confusa ampliação da foto da mãe da sra. Wilson que pairava na parede como um ectoplasma. Sua mulher era estridente, lânguida, bonita e terrível. Contou-me orgulhosa que o marido a fotografara cento e vinte e sete vezes desde que eles tinham se casado.

A sra. Wilson havia em algum momento trocado de roupa e agora usava um elaborado vestido de coquetel de chiffon creme que produzia um rumor contínuo quando ela andava pela sala. Sob a influência desse vestido, sua personalidade também havia sofrido uma mudança. A intensa vitalidade que fora tão flagrante na garagem havia se convertido em uma *hauteur* que chamava atenção. Sua risada, seus gestos, as afirmações que fazia tornavam-se cada vez mais flagrantemente artificiais, e à medida que a sua presença se tornava mais espaçosa, a sala ficava menor à volta dela, até ela parecer girar sobre um eixo que rangia no ar enfumaçado.



– Meu bem – gritou ela com uma voz afetada, dirigindo-se à irmã –, a maioria dessas pessoas te engana o tempo todo. Elas só pensam em dinheiro. Na semana passada uma mulher veio aqui para tratar dos meus pés, e quem visse o que ela me cobrou ia achar que ela tinha tirado o meu "apendicite".

– Como é o nome da mulher? – perguntou a sra. McKee.

– Senhora Eberhardt. Ela zanza o dia inteiro de um lado para outro, cuidando dos pés das pessoas na casa delas.

– Gosto do seu vestido – comentou a sra. McKee –, ele é adorável.

A sra. Wilson recusou o cumprimento erguendo com desdém a sobrancelha.

– Ah, é um vestido velho e meio maluco – disse ela. – Quando eu não me importo com o jeito como vou ficar, eu visto ele.

– Mas ele fica maravilhoso em você, sabe? – insistiu a sra. McKee. – Se o Chester pudesse fotografar você nessa pose, acho que ele faria uma ótima foto.

Todos nós fitamos em silêncio a sra. Wilson, que tirou dos olhos um fio de cabelo e olhou para trás, na nossa direção, com um sorriso brilhante. O sr. McKee olhou-a, concentrado, mantendo a cabeça inclinada lateralmente, e então, com gestos lentos, levou a mão para a frente e para trás diante do rosto.

– Eu teria de mudar a luz – disse ele depois de algum tempo. – Gostaria de marcar bem os traços. E tentaria prender todo o cabelo de trás.

– Eu não pensaria em mudar a luz – gritou a sra. McKee. – Acho que ela é...

Seu marido disse: – Pssss! –, e, enquanto todos nós voltamos a olhar para a modelo, Tom Buchanan bocejou audivelmente e se levantou.

– McKees, bebam alguma coisa – disse ele. – Traga mais gelo e água mineral, Myrtle, senão todos vão cair no sono.

– Falei sobre o gelo com aquele rapaz. – Myrtle ergueu as sobrancelhas, desalentada com a preguiça das classes inferiores. – Essa gente! Eu tenho de ficar atrás deles o tempo todo.

Ela olhou para mim e riu sem razão. Então se precipitou sobre o cão, beijou-o em êxtase e correu para a cozinha com o ar de quem tinha ali, à espera das suas ordens, uma dezena de *chefs*.

– Eu fiz ótimos trabalhos em Long Island – afirmou o sr. McKee.

Tom olhou desinteressado para ele.

– Dois deles nós emolduramos e penduramos no apartamento.

– Dois o quê? – perguntou Tom.

– Dois estudos. Um deles eu chamo de "Montauk Point – As gaivotas", e o outro eu chamo de "Montauk Point – O mar".

Catherine, a irmã, sentou-se ao meu lado no sofá.

– Você também mora em Long Island? – indagou ela.

– Moro em West Egg.



– Verdade? Eu fui a uma festa lá, mais ou menos um mês atrás. Na casa de um homem chamado Gatsby. Você conhece?

– Moro na casa ao lado da dele.

– Bom, dizem que ele é sobrinho ou primo do Kaiser Guilherme. É disso que vem todo o dinheiro dele.

– É mesmo?

Ela assentiu com a cabeça.

– Ele me dá medo. Quero manter distância dele.

Essa informação arrebatadora sobre o meu vizinho foi cortada pela sra. McKee, que apontou subitamente para Catherine:

– Chester, acho que você poderia fazer uma fotografia *dela* – disse ela intempestivamente, mas o sr. McKee apenas balançou a cabeça, contrariado, e voltou a atenção para Tom.

– Eu gostaria de fazer outros trabalhos em Long Island, se conseguisse entrar lá. Tudo o que eu peço é que alguém me dê uma ajudinha.

– Fale com a Myrtle – disse Tom, e deu uma gargalhada alta e breve enquanto a sra. Wilson entrava com uma bandeja. – Ela pode lhe dar uma carta de apresentação, não pode, Myrtle?

– Posso o quê? – indagou ela, surpresa.

– Você vai dar para o seu marido uma carta apresentando o senhor McKee, para que ele possa fazer alguns estudos lá. – Seus lábios se mexeram silenciosamente durante um momento enquanto ele inventava: – "George B. Wilson na bomba de gasolina" ou algo do tipo.

Catherine inclinou-se bem perto de mim e sussurrou na minha orelha:



– Nenhum deles suporta a pessoa com quem se casou.

– É mesmo?

– *Não suportam*. – Ela olhou para Myrtle e depois para Tom. – O que eu digo é o seguinte: por que continuar vivendo juntos se eles não se suportam? Se eu fosse eles, me divorciaria e me casaria de novo imediatamente.

– Ela também não gosta do Wilson?

A resposta a essa pergunta foi inesperada. Veio de Myrtle, que a tinha ouvido por acaso, e respondeu de forma violenta e obscena.

– Não falei? – gritou Catherine, triunfante. Em seguida ela baixou novamente a voz. – Na verdade, é a mulher dele que está impedindo a união dos dois. Ela é católica, e os católicos não aceitam o divórcio.

Daisy não era católica, e eu fiquei um tanto chocado com o grau de elaboração da mentira.

– Quando eles se casarem – continuou Catherine –, devem ir para o Oeste e viver lá durante algum tempo até baixar a poeira.

– Seria mais discreto ir para a Europa.

– Ah, você gosta da Europa? – exclamou ela, surpresa. – Eu acabei de voltar de Monte Carlo.

– Verdade?

– No ano passado. Fui lá com outra moça.

– Ficaram muito tempo?

– Não, nós só fomos para Monte Carlo e voltamos. Fomos via Marselha. Tínhamos mais de mil e duzentos dólares quando saímos, mas nos dois primeiros dias fomos enganados nas salas de jogo particulares, e o dinheiro acabou. Voltar para cá foi uma coisa terrível, pode acreditar. Ah, meu Deus, eu odiei aquela cidade!



O céu de fim de tarde brilhou na janela por um momento com a mescla de mel e azul do Mediterrâneo, e então a voz estridente da sra. McKee voltou a me chamar na sala.

– Quase que eu também me engano – declarou ela vigorosamente. – Eu quase me casei com um judeuzinho que me perseguiu durante anos. Eu sabia que ele era inferior a mim. Todo mundo ficava me dizendo: "Lucille, esse homem é muito inferior a você!" Mas se eu não tivesse encontrado o Chester, ele teria me laçado, não tenho a menor dúvida.

– Tudo bem, mas escuta aqui – disse Myrtle Wilson levantando e abaixando a cabeça –, pelo menos você não casou com ele.

– Sei disso.

– Bom, eu casei com ele – disse Myrtle de modo ambíguo. – Essa é a diferença entre o seu caso e o meu.

– Por que você se casou, Myrtle? – indagou Catherine. – Ninguém forçou você a se casar.

Myrtle refletiu.

– Me casei com ele porque achava que ele era um cavalheiro – disse ela por fim. – Eu achava que ele tinha noções de educação, mas ele não servia nem para lamber o meu sapato.

– Durante algum tempo você era louca por ele – disse Catherine.

– Louca por ele! – gritou Myrtle, incrédula. – Quem foi que disse que eu era louca por ele? Eu era tão louca por ele quanto era louca por esse homem aí.

Ela apontou subitamente para mim, e todos me olharam com expressão acusadora. Tentei fazer uma cara de quem não pretendia receber nenhuma afeição.

– Só fui *louca* quando casei com ele. Eu vi desde o início que tinha cometido um erro. Ele pediu emprestado o melhor terno de alguém para casar e nunca me contou isso, e um dia o dono do terno foi lá em casa quando ele não estava: "Ah, o terno é seu?", perguntei. "É a primeira vez que eu ouço falar nisso." Mas eu entreguei o terno para ele, me joguei na cama e durante toda a tarde chorei até não poder mais.

– Ela precisava mesmo se separar dele – retomou Catherine voltando-se para mim. – Eles estão morando em cima de uma garagem há onze anos. E o Tom é o primeiro namorado que ela teve.

A garrafa de uísque – a segunda – agora era solicitada com frequência por todos os presentes, com exceção de Catherine, que se sentia "ótima, bebendo ou não bebendo". Tom ligou para o porteiro e o mandou buscar uns sanduíches famosos que eram um jantar completo. Eu queria sair e ir para o leste da cidade atravessando o parque no crepúsculo suave, mas toda vez que ensaiava me levantar, me enredava em alguma discussão extravagante, estridente, que como uma corda me puxava para trás na cadeira. Lá fora, porém, nossa fileira de janelas amarelas no alto do prédio deve ter dado a sua cota de contribuição para o segredo humano a quem passava por ali despreocupadamente nas ruas que escureciam, e eu via também esse passante olhando para cima e imaginando. Eu estava ali dentro e lá fora, ao mesmo tempo atraído e repelido pela inesgotável variedade da vida.



Myrtle puxou a cadeira para perto da minha e subitamente seu hálito quente despejou sobre mim a história de como conhecera Tom.

– Foi nas duas cadeirinhas que ficam uma em frente da outra, as que são ocupadas por último no trem. Eu ia visitar a minha irmã em Nova York e passar a noite lá. Ele estava vestido a rigor e com sapatos de verniz, e eu não conseguia tirar os olhos dele, mas toda vez que ele olhava para mim eu precisava fingir que estava olhando para o anúncio em cima da cabeça dele. Quando nós chegamos na estação, ele ficou do meu lado, e o peitilho da camisa branca dele espetou o meu braço, e então eu falei que ia chamar um guarda, mas ele sabia que era mentira.

Eu estava tão agitada que quando entrei no táxi com ele quase nem percebi que não estava entrando num vagão de trem. Eu só conseguia pensar sem parar: "A gente não vive para sempre; a gente não vive para sempre".

Ela se voltou para a sra. McKee, e sua risada artificial ressoou na sala.

– Meu bem – gritou ela. – Quando eu tirar este vestido ele vai ser seu. Preciso comprar outro amanhã. Vou fazer uma lista de tudo o que eu tenho de providenciar. Uma massagem, uma permanente, uma coleira para o cachorro e um desses cinzeiros espertos, com uma mola que a gente aperta, e para a sepultura da minha mãe uma coroa com um arco de seda preta que vai aguentar o verão inteiro. Preciso escrever uma lista, para não esquecer nada do que tenho de fazer.



Eram nove horas. Quase imediatamente depois consultei o relógio e vi que eram dez. O sr. McKee estava dormindo na cadeira e tinha os punhos cruzados no colo, como numa foto de um homem de ação. Pegando o meu lenço, limpei na sua face a mancha de sabão de barba seco que havia me incomodado durante toda a tarde.

O cachorrinho estava sentado na mesa olhando com olhos cegos através da fumaça, e de tempos em tempos emitia um débil gemido. As pessoas desapareciam, reapareciam, faziam planos de ir a algum lugar e depois se perdiam umas das outras, procuravam umas pelas outras, encontravam-se a uma pequena distância umas das outras. Por volta da meia-noite Tom Buchanan e a sra. Wilson estavam cara a cara discutindo em voz inflamada se a sra. Wilson tinha direito de pronunciar o nome de Daisy.

– Daisy! Daisy! Daisy! – gritou ela. – Falo quantas vezes eu quiser! Daisy! Dai...

Com um curto e hábil movimento da mão espalmada, Tom Buchanan quebrou o nariz dela.

Então o chão do banheiro se encheu de toalhas ensanguentadas, vozes femininas repreenderam severamente e um pranto de dor, alto e entrecortado, dominou toda aquela confusão. O sr. McKee despertou do seu cochilo e, aturdido, dirigiu-se para a porta. A meio caminho virou-se e contemplou a cena – sua mulher e Catherine zangando-se e consolando enquanto trombavam aqui e ali com a mobília, levando material para cuidar do ferimento, e a figura desesperada no sofá, sangrando abundantemente e tentando proteger com um número de *Town Tattle* as cenas de tapeçaria de Versailles. Então o sr. McKee se virou e foi em frente, transpondo a porta. Tirando do candelabro o meu chapéu, eu o segui.



– Venha almoçar qualquer dia – sugeriu ele enquanto, ao som de gemidos, nós descíamos no elevador.

– Onde?

– Em qualquer lugar.

– Tire as mãos da alavanca – disse irritado o ascensorista.

– Perdão – desculpou-se o sr. McKee com dignidade –, eu não sabia que estava com as mãos nela.

– Tudo bem – concordei –, terei prazer em ir.

... Eu estava de pé ao lado da sua cama, e ele, reclinado entre os lençóis, vestido com a roupa de baixo, folheava uma grande pasta.

– A bela e a fera... Solidão... O velho cavalo de entregas... Riacho e ponte...

Depois eu estava deitado semiadormecido no frio andar subterrâneo da Estação Pennsylvania, olhando para a edição matinal do *Tribune* e esperando o trem das quatro horas.

# 3

Nas noites de verão a música das festas que aconteciam na casa vizinha chegava até a minha. No seu jardim azul, homens e mulheres iam e vinham como mariposas entre os sussurros, o champanhe e as estrelas. Na maré alta, à tarde, eu observava os convidados mergulhando da torre da sua balsa ou tomando sol na areia quente da sua praia enquanto duas lanchas suas dividiam as águas do estreito puxando pranchas sobre cataratas de espuma. Nos fins de semana, entre nove da manhã e bem depois da meia-noite, o seu Rolls-Royce se transformava em ônibus, transportando grupos para a casa e de volta para a cidade, enquanto sua perua disparava como um veloz besouro amarelo para alcançar todos os trens. E nas segundas-feiras oito empregados, inclusive um jardineiro extra, labutavam o dia inteiro com esfregões e escovões, martelos e podões, reparando tudo o que fora devastado na noite anterior.

Toda sexta-feira vinham de Nova York, fornecidos por uma frutaria, cinco caixas de laranjas e limões, e toda segunda-feira essas mesmas laranjas e limões deixavam a porta dos fundos da casa em uma pirâmide de metades sem polpa. Havia na cozinha uma máquina que com duzentas pressões de um botãozinho pelo polegar de um mordomo extraía em meia hora o suco de duzentas laranjas.

Pelo menos uma vez a cada quinze dias um pelotão de funcionários de bufês chegava com uma enorme quantidade de lona e uma profusão de luzes coloridas para fazer uma árvore de Natal no imenso jardim de Gatsby. Sobre mesas de bufê adornadas com cintilantes *hors-d'oeuvres*, presuntos cozidos condimentados se espremiam contra saladas distribuídas em losangos de diferentes cores e tortas de carne de porco e de peru que por algum passe de mágica tinham a cor dourado-escura. Na sala principal havia um bar com balaustrada de latão abastecido com gins, destilados e cordiais há tanto tempo esquecidos que a maioria das convidadas era jovem demais para diferenciar uns dos outros.



Às sete horas chegou a orquestra, não um conjuntinho de cinco músicos, mas uma formação completa de oboés, trombones, saxofones, violas, trompetes, flautins e baterias com caixas graves e agudas. Os últimos banhistas já chegaram da praia e estão se vestindo no andar de cima; os carros de Nova York foram estacionados em cinco fileiras na garagem, e as salas, os salões e as varandas estão vistosos com as cores primárias, cabelos em estranhos penteados modernos e xales que superam os sonhos de Castela. O bar está agitado, e bandejas com coquetéis flutuam pelo jardim até o ar se animar com conversas, risadas, insinuações descontraídas, apresentações logo esquecidas e encontros entusiasmados entre mulheres que não sabem o nome uma da outra.

As luzes ficam mais fortes enquanto a terra se afasta cambaleante do sol, e agora a orquestra toca música amarela de coquetel e a ópera de vozes está afinada em um tom mais agudo. O riso fica mais fácil a cada minuto, entornado com prodigalidade, despejado a uma simples palavra divertida. Os grupos mudam mais rapidamente, de um só fôlego aumentam com novos acréscimos, se dissolvem e formam outros; já se veem pessoas perambulando, moças confiantes que vão de um lado para outro entre os grupos mais numerosos e mais estáveis tornam-se por um momento brilhante, jubiloso, o centro de um grupo, e depois, estimuladas pelo triunfo, continuam deslizando pelo mar de rostos, vozes e cores sempre em movimento sob a luz em perene mudança.

De repente uma dessas ciganas, em um tremeluzente vestido cor de opala, pega no ar um coquetel, toma-o de um só gole para ganhar coragem e, mexendo as mãos como Joe Frisco, dança sozinha na plataforma de lona. Momentaneamente se faz silêncio; amável, o chefe da orquestra muda o ritmo em um cumprimento a ela e se ouve uma explosão de conversas com a circulação da notícia equivocada de que ela é a substituta de Gilda Gray no Follies. A festa começou.



Acho que na primeira noite em que fui à casa de Gatsby eu era um dos poucos presentes que realmente tinham sido convidados. As pessoas não eram convidadas – elas apareciam. Entravam em um automóvel que as levava a Long Island e de alguma forma acabavam na porta da casa de Gatsby. Uma vez lá, eram apresentadas a alguém que conhecia Gatsby e depois disso se comportavam de acordo com as regras adequadas a um parque de diversões. Às vezes iam e vinham sem absolutamente ter conhecido Gatsby, iam à festa com a simplicidade de coração que era seu bilhete de entrada.

Eu havia sido convidado. Um motorista com um uniforme em um matiz claro de azul-esverdeado atravessou meu gramado no começo da manhã daquele sábado com um bilhete surpreendentemente formal do seu empregador: a honra seria toda de Gatsby, dizia o texto, se eu fosse à sua "festinha" naquela noite. Ele havia me visto várias vezes e estava fazia muito tempo pretendendo me visitar, mas uma curiosa combinação de circunstâncias impedira que isso acontecesse. Assinado Jay Gatsby, em uma caligrafia majestosa.

Vesti uma roupa de flanela e cheguei ao seu gramado pouco depois das sete. Vaguei por lá um tanto contrafeito entre redemoinhos e turbilhões de pessoas que eu não conhecia – embora aqui e ali houvesse um rosto já visto no trem de Nova York. Fiquei imediatamente impressionado com o número de jovens ingleses dispersos por lá; todos bem-vestidos, todos parecendo um pouco famintos e todos muito graves, conversando em voz baixa com americanos sérios e ricos. Eu tinha certeza de que eles estavam vendendo alguma coisa: títulos, seguro ou automóveis. A ideia da existência de dinheiro fácil na vizinhança lhes era torturante, e eles estavam confiantes de que com umas poucas palavras ditas no tom certo iriam se apossar dele.

Logo que cheguei fiz uma tentativa de encontrar meu anfitrião, mas as duas ou três pessoas a quem perguntei onde ele estava me olharam com um ar tão espantado e negaram tão veementemente ter alguma ideia dos seus movimentos que eu me esgueirei na direção da mesa de coquetel – o único lugar do jardim onde um homem desacompanhado poderia se demorar sem parecer desproposítado e sozinho.

Estava prestes a me embriagar estrondosamente por puro constrangimento quando Jordan Baker saiu da casa e parou no alto da escada de mármore com a cabeça ligeiramente inclinada para trás e olhando para o jardim com desdém, mas interessada.

Mesmo sem saber se seria bem acolhido, achei necessário me ligar a alguém antes que começasse a dirigir comentários cordiais às pessoas com quem eu cruzava.

– Olá! – berrei avançando na direção dela. Minha voz pareceu artificialmente alta através do jardim.

– Achei que você estaria aqui – respondeu ela de um modo ausente enquanto eu subia os degraus. – Lembrei que você morava ao lado...



Ela apertou minha mão de modo impessoal, como uma promessa de que cuidaria de mim dentro de um minuto, e deu atenção a duas moças com vestidos amarelos idênticos que pararam na base da escada.

– Olá! – gritaram as duas ao mesmo tempo. – Pena você não ter ganhado.

Era uma alusão ao torneio de golfe. Na semana anterior ela havia perdido nas finais.

– Você não sabe quem nós somos – disse uma das moças de amarelo –, mas nós nos encontramos aqui um mês atrás.

– Vocês tingiram o cabelo desde então – observou Jordan, e eu me sobressaltei, mas as meninas haviam seguido adiante distraídas e seu comentário foi dirigido à lua prematura, seguramente tirada, como o jantar, do cesto de um serviço de bufê. Com o delgado braço bronzeado de Jordan pousado no meu, descemos os degraus e perambulamos pelo jardim. Uma bandeja de coquetéis flutuou até nós através do crepúsculo e nós nos sentamos à mesa com as duas moças de amarelo e três homens que nos foram todos apresentados como sr. Mumble.

– Vocês vêm a essas festas com frequência? – indagou Jordan para a moça que estava ao lado dela.

– A última vez que eu vim foi aquela em que nós nos encontramos – respondeu a moça com uma voz viva e confiante. Ela se voltou para a sua acompanhante: – Foi a sua última também, não foi, Lucille?

Para Lucille também tinha sido.



– Eu gosto de vir – disse Lucille. – Nunca ligo para o que faço, por isso me divirto sempre. Quando estava aqui da última vez, rasguei o vestido em uma cadeira, e ele me perguntou meu nome e endereço. Dentro de uma semana eu recebi um pacote da Croirier's com um vestido de noite novo.

– E você ficou com ele? – indagou Jordan.

– Claro! Queria ter vindo com ele hoje, mas ficou largo demais no busto; precisa ser ajustado. É azul-petróleo com contas cor de lavanda. Duzentos e sessenta e cinco dólares.

– É engraçado um homem fazer uma coisa dessas – disse a outra moça apaixonadamente. – Ele não quer ter nenhum problema com *ninguém*.

– Quem não quer? – perguntei.

– Gatsby. Alguém me disse...

As duas moças e Jordan se inclinaram juntas, confidencialmente.

– Alguém me disse que acha que ele já matou um homem.

Fomos todos perpassados por um calafrio. Os três Mumbles inclinaram-se para a frente, ouvindo com avidez.

– Eu não acho que seja exatamente *isso* – afirmou Lucille, cética. – Acho que ele foi espião alemão durante a guerra.

Um dos homens meneou a cabeça, confirmando o comentário.

– Ouvi isso de uma pessoa que sabia tudo sobre ele, cresceu com ele na Alemanha – garantiu de forma definitiva esse homem.

– Ah, não – disse a primeira moça –, isso não pode ser, porque ele estava no exército americano durante a guerra. – Ela se inclinou para a frente, entusiasmada, assim que a nossa credulidade mudou de lado. – Olhem para ele de vez em quando nos momentos em que ele acha que ninguém o está observando. Aposto que ele matou alguém.



Ela apertou os olhos e estremeceu. Lucille estremeceu. Todos nós nos viramos e olhamos para Gatsby. A prova da especulação romântica que ele inspirava era que os rumores levantados a seu respeito partiam daqueles que quase nunca mexericavam.

O primeiro jantar – depois da meia-noite haveria outro – estava sendo servido, e Jordan me convidou para participar do seu grupo, espalhado em torno de uma mesa no outro lado do jardim. Era composto por três casais e o acompanhante de Jordan, um persistente rapaz recém-saído da universidade que era dado a insinuações violentas e obviamente estava convicto de que mais cedo ou mais tarde Jordan lhe entregaria em maior ou menor grau a sua pessoa. Em vez de ser incoerente, esse grupo preservava uma homogeneidade digna e assumira a função de representar a tranquila nobreza do campo – East Egg condescendendo com West Egg e defendendo-se cuidadosamente da alegria espectroscópica desta.

– Vamos sair – sussurrou Jordan depois de meia hora até certo ponto desperdiçada e imprópria –, isso é polido demais para mim.

Nós nos levantamos e ela explicou que íamos ver o anfitrião: eu nunca o encontrara, disse ela, e isso estava me deixando constrangido. O rapaz que a acompanhava fez com a cabeça um cético e melancólico gesto de assentimento.

O bar, primeiro lugar onde procuramos, fervia de gente, mas Gatsby não estava lá. Jordan foi até o alto da escada mas não o encontrou, e ele tampouco estava na varanda. Resolvemos fazer uma tentativa em uma porta de aparência imponente e entramos em uma biblioteca em estilo gótico, com almofadas de carvalho inglês e talvez transportada integralmente de alguma ruína europeia.



Um homem corpulento, de meia-idade, com enormes óculos de coruja, estava sentado um tanto bêbado na borda de uma mesa grande e olhava para as estantes de livros com uma concentração vacilante. Quando entramos, voltou-se agitado e examinou Jordan da cabeça aos pés.

– O que é que vocês acham? – indagou ele impetuosamente.

– Do quê?

Ele indicou com um gesto de mão as estantes de livros.

– Disso. Na verdade vocês não precisam se dar ao trabalho de verificar. Eu já verifiquei. Eles são reais.

– Os livros?

Ele confirmou meneando a cabeça.

– Absolutamente reais: têm páginas e tudo o mais. Achei que eram apenas papelão bonito e durável. Mas na verdade são absolutamente reais. Páginas e... Olhem! Vou mostrar para vocês.

Dando por garantido o nosso ceticismo, ele se precipitou para uma prateleira e voltou com o primeiro volume das *Stoddard Lectures*.

– Vejam! – gritou ele triunfante. – É um exemplar impresso autêntico. Ele me tapeou. Esse cara é um verdadeiro Belasco. Isso é um triunfo. Que perfeição! Que realismo! Sabia onde tinha de parar também: deixou as páginas unidas, sem cortar. Mas o que é que vocês querem? O que é que vocês esperam?



Ele arrebatou o livro da minha mão e o recolocou apressadamente na prateleira, resmungando que, se um tijolo era retirado, a biblioteca inteira podia desmoronar.

– Quem trouxe vocês? – perguntou ele. – Ou vocês vieram, simplesmente? Eu fui trazido. A maioria das pessoas aqui foi trazida.

Jordan olhou para ele atenta e animada, sem responder.

– Eu fui trazido por uma mulher chamada Roosevelt – continuou ele. – Senhora Claud Roosevelt. Vocês conhecem essa mulher? Eu a conheci sei lá onde, ontem à noite. Estou bêbado há mais ou menos uma semana e imaginei que se ficasse sentado na biblioteca poderia melhorar.

– E melhorou?

– Um pouquinho, acho. Ainda não sei dizer. Só estou aqui há uma hora. Já falei com vocês sobre os livros? Eles são reais. Eles são...

– O senhor falou.

Com um ar sério, nós apertamos a sua mão e saímos da biblioteca.

Agora estavam dançando sob os toldos do jardim; velhos empurravam moças para trás em incessantes giros desajeitados, casais que dançavam melhor se enlaçavam tortuosamente, com elegância, conservando-se nos cantos, e um grande número de moças sozinhas dançava individualmente ou por um momento retirava da orquestra a responsabilidade pelo banjo ou pela percussão. À meia-noite a hilaridade havia aumentado. Um tenor famoso tinha cantado em italiano e uma conhecida contralto cantara *jazz*, e entre as atrações as pessoas faziam "números" por todo o jardim, enquanto explosões de riso contentes e vazias subiam ao céu de verão. No palco duas gêmeas, que no final das contas eram as moças de amarelo, representaram uma cena infantil vestidas a caráter, e o champanhe foi servido em taças maiores que lavandas. A lua já estava alta no céu, e no estreito flutuava um triângulo de escamas prateadas que tremulava um pouco com o repicado rígido e metálico dos banjos no gramado.

Eu continuava com Jordan Baker. Estávamos sentados a uma mesa com um homem mais ou menos da minha idade e uma mocinha grosseira que à menor provocação se entregava a um riso incontrolável. Àquelas alturas eu estava me divertindo. Tinha tomado duas lavandas de champanhe, e a cena mudara diante dos meus olhos para algo significativo, elementar e profundo.

Num momento de calmaria da diversão o homem olhou para mim e sorriu.

– Seu rosto me é familiar – disse ele educadamente. – Você não estava na Primeira Divisão durante a guerra?

– Claro. Estava na Vigésima Oitava Infantaria.

– Eu estava na Décima Sexta até junho de 1918. Sabia que já havia visto você em algum lugar.

Conversamos durante algum tempo sobre algumas cidadezinhas úmidas e cinzentas da França. Evidentemente ele morava nos arredores, pois me disse que acabara de comprar um hidroavião e ia experimentá-lo de manhã.



– Quer ir comigo, meu velho? Só perto da praia, pelo estreito.

– A que hora?

– Quando melhor lhe convier.

Eu estava para lhe perguntar seu nome quando Jordan olhou em torno e sorriu.

– Está se divertindo agora? – indagou ela.

– Bem mais. – Voltei-me novamente para o meu novo conhecido. – Essa festa é inusitada para mim. Eu nem vi o anfitrião. Moro ali... – Fiz um aceno de mão para a cerca invisível à distância – e esse homem, Gatsby, me mandou um convite pelo motorista.

Por um momento ele olhou para mim como se não estivesse entendendo.

– Gatsby sou eu – disse ele de repente.

– Como? – exclamei. – Ah, me desculpe.

– Achei que você sabia, meu velho. Creio que não sou um anfitrião muito bom.

Ele sorriu compreensivamente – muito mais que compreensivamente. Foi um desses raros sorrisos com um quê de eterna tranquilização que recebemos apenas quatro ou cinco vezes na vida. Seu sorriso se dirigia por um instante – ou parecia se dirigir – a todo o eterno mundo e depois se concentrava em *você*, com uma irresistível expressão de parcialidade a seu favor. Era um sorriso que o compreendia exatamente na medida em que você queria ser compreendido, acreditava em você do modo como você gostaria de acreditar em si mesmo e lhe garantia que tinha sobre você precisamente a impressão que, na melhor das hipóteses, você esperava transmitir. Exatamente nesse ponto o sorriso desapareceu – e eu fiquei olhando para um caipira jovem e elegantemente vestido, com uns trinta e um ou trinta e dois anos de idade, cuja formalidade de discurso beirava o absurdo. Antes da apresentação ele havia me dado a forte impressão de escolher cuidadosamente as palavras.



Quase no mesmo momento em que o sr. Gatsby se identificou, um mordomo apressado veio lhe informar que Chicago o estava chamando ao telefone. Ele se desculpou com uma pequena mesura que incluiu a nós dois.

– Se quiserem alguma coisa, peça, meu velho – disse ele com veemência. – Desculpe. Encontro vocês mais tarde.

Quando ele se foi, voltei-me imediatamente para Jordan – com a urgência de lhe comunicar a minha surpresa. Eu havia imaginado o sr. Gatsby como um homem de meia-idade vermelho e corpulento.

– Quem é ele? – indaguei. – Você sabe?

– Um homem chamado Gatsby. É só isso que eu sei.

– Quero dizer: de onde ele é? O que é que ele faz?

– Agora foi *você* que começou a falar no assunto – respondeu ela com um sorriso. – Bom, ele me disse uma vez que estudou em Oxford.

Um vago cenário começou a se delinear atrás dele, porém o comentário seguinte o desfez.

– Mas eu não acredito nisso.

– Por quê?

– Não sei – insistiu ela. – Simplesmente não acho que ele tenha estado lá.



Algo no seu tom me fez lembrar o "Aposto que ele matou alguém" dito pela outra moça e estimulou a minha curiosidade. Eu teria aceitado sem questioná-la a informação de que Gatsby saíra dos pântanos de Louisiana ou do Lower East Side de Nova York. Isso seria plausível. Mas um homem jovem não sai tranquilamente do nada e compra um palácio à margem do estreito de Long Island – pelo menos era o que, na minha inexperiência provinciana, eu achava.

– De qualquer forma, ele dá grandes festas – disse Jordan mudando de assunto, com um desagrado urbano pelo concreto. – E eu gosto de grandes festas. Elas são muito íntimas. Nas festas pequenas não há nenhuma privacidade.

Ouviu-se o estrondo de um bumbo e a voz do regente da orquestra ressoou de repente sobre o blablablá do jardim.

– Senhoras e senhores – gritou ele. – A pedido do senhor Gatsby, vamos executar para todos a última composição de Vladimir Tostoff, que em maio passado despertou tanta atenção no Carnegie Hall. Se vocês leem os jornais, sabem que causou grande sensação. – Ele sorriu com condescendência jovial e acrescentou: – Alguma sensação! – Então todos riram.

– A peça – concluiu ele vigorosamente – se chama *A história do mundo contada através do jazz*, e foi composta por Vladimir Tostoff!

A natureza da composição de Tostoff me escapou, porque, assim que a peça começou, meus olhos encontraram a figura de Gatsby. De pé na escada de mármore, sozinho, ele percorria com um olhar aprovador os grupos que estavam no jardim. A pele lisa e bronzeada lhe conferia ao rosto um aspecto atraente, e o cabelo curto parecia ser aparado diariamente. Não consegui ver nele nada de sinistro. Perguntei-me se o fato de ele não estar bebendo o ajudava a se manter afastado dos convidados, pois me pareceu que seus modos ficavam mais dignos à medida que aumentava aquela hilaridade fraternal. Quando acabou *A história do mundo contada através do jazz*, de Vladimir Tostoff, as mulheres, como bichinhos alegres, deitaram a cabeça no ombro dos homens, enquanto outras desmaiavam, caindo para trás de brincadeira nos braços dos homens, até nos braços de grupos, sabendo que alguém deteria a sua queda – mas nenhuma delas caía para trás imaginando ser amparada por Gatsby, nenhuma cabeça de cabelos curtos se encostou no ombro de Gatsby e nenhum quarteto vocal incluiu Gatsby entre seus componentes.

– Perdão.

De repente o mordomo de Gatsby estava diante de nós.

– Senhorita Baker – disse ele. – Desculpe-me, mas o senhor Gatsby quer conversar a sós com a senhorita.

– Comigo? – exclamou ela surpresa.

– Sim.

Atônita, ela se levantou lentamente, erguendo as sobrancelhas para mim, e seguiu o mordomo em direção à casa. Notei que ela envergava seu vestido de noite – todos os seus vestidos, aliás – como se fosse roupa esportiva; seus movimentos tinham a vivacidade de quem em manhãs revigorantes aprendera a andar em quadras de golfe.

Eu estava sozinho, e já eram quase duas horas. Durante algum tempo, sons confusos e curiosos tinham saído de uma sala comprida e com muitas janelas, situada acima do terraço. Desviando-me do acompanhante de Jordan, que agora estava em uma conversa obstétrica com duas coristas e implorou a minha participação, entrei naquela sala.



Havia ali muita gente. Uma das moças de amarelo tocava piano, e uma jovem senhora alta e ruiva que fazia parte do elenco de um musical famoso cantava ao lado dela. A cantora havia exagerado no champanhe e no decorrer da música decidira, desastradamente, que tudo era muito, muito triste – ela não estava apenas cantando; estava também chorando. Sempre que havia uma pausa na música, ela a preenchia com suspiros e gemidos entrecortados, e depois retomava a letra em um soprano trêmulo. As lágrimas escorriam-lhe pelas faces – não livremente, contudo, porque ao entrarem em contato com as pelotas das suas pestanas ficavam cor de tinta de escrever e seguiam em lentos filetes pelo resto do caminho. Alguém sugeriu, divertido, que ela cantasse as notas do seu rosto, o que a fez erguer as mãos, afundar-se em uma poltrona e se entregar a um sono profundo.

– Ela brigou com um homem que diz que é seu marido – explicou uma moça sentada ao meu lado.

Olhei em volta. A maioria das outras mulheres estava agora brigando com homens que se diziam seus maridos. Até o grupo de Jordan, o quarteto de East Egg, fora desmembrado por uma dissensão. Um dos homens conversava com curiosa intensidade com uma jovem atriz, e sua mulher, depois de tentar rir da situação com dignidade e indiferença, perdeu completamente o controle e recorreu a ataques pelos flancos: de tempos em tempos aparecia de repente ao lado dele como um diamante furioso e sibilava "Você me prometeu!" na sua orelha.



A relutância em ir para casa não se limitava aos cavalheiros volúveis. A sala era agora ocupada por dois homens deploravelmente sóbrios e suas mulheres altamente indignadas. As mulheres estavam se solidarizando em uma voz um pouco elevada.

– Quando ele vê que eu estou me divertindo, resolve ir embora.

– Nunca na vida vi tanto egoísmo.

– Nós sempre somos os primeiros a ir embora.

– E nós também.

– Bom, hoje somos quase os últimos – disse encabulado um dos homens. – A orquestra já foi embora há meia hora.

Embora as duas mulheres concordassem que tamanha maldade era inacreditável, a discussão acabou em uma briga de curta duração, e elas foram levadas esperneando na noite.

Enquanto eu esperava no vestíbulo que me entregassem meu chapéu, a porta da biblioteca se abriu e Jordan Baker e Gatsby saíram de lá juntos. Ele estava lhe dizendo alguma palavra final, mas sua expressão ansiosa se enrijeceu abruptamente em um ar formal quando várias pessoas se aproximaram dele para se despedir.

O grupo de Jordan estava na varanda e a chamava impacientemente, mas ela demorou um pouco no aperto de mãos comigo.

– Acabei de ouvir a coisa mais espantosa – sussurrou ela. – Quanto tempo nós ficamos lá dentro?

– Puxa, mais ou menos meia hora.



– Foi... simplesmente espantoso – repetiu ela absorta. – Mas eu jurei que não comentaria, e estou aqui torturando você. – Ela bocejou graciosamente diante de mim. – Por favor, vá me visitar... Lista telefônica... No nome da senhora Sigourney Howard... Minha tia... – Ia saindo às pressas enquanto falava. Sua mão morena acenou uma saudação elegante quando ela se fundiu ao grupo, já na porta.

Um tanto envergonhado por ter permanecido até tão tarde na primeira vez em que ia lá, reuni-me ao último grupo de convidados de Gatsby, agregado em torno dele. Queria explicar que o havia procurado no início da tarde e me desculpar por não o ter reconhecido no jardim.

– Que bobagem! – disse ele, peremptório. – Não pense mais nisso, meu velho. – A expressão familiar não transmitia mais proximidade que a mão que me roçou tranquilizadoramente o ombro. – E não se esqueça que amanhã de manhã nós vamos subir no hidroavião, às nove horas.

Então o mordomo disse atrás do seu ombro:

– Filadélfia está chamando o senhor no telefone.

– Tudo bem, já vou. Diga que eu não demoro... Boa noite.

– Boa noite.

– Boa noite. – Ele sorriu, e subitamente pareceu haver um agradável sentido em ter estado entre os últimos a ir embora, como se ele tivesse desejado aquilo o tempo todo. – Boa noite, meu velho... Boa noite.

Mas enquanto descia a escada eu vi que a noite ainda não tinha acabado realmente. A quinze metros da porta, uma dezena de faróis dianteiros iluminava uma cena bizarra e turbulenta. Na vala ao lado da rua, tendo o lado direito levantado mas com uma das rodas violentamente arrancada, estava um cupê novo que deixara a garagem de Gatsby havia apenas dois minutos. Uma saliência no muro fora responsável pela separação da roda, que agora atraía toda a atenção de uma meia dúzia de motoristas curiosos. Mas como eles tinham deixado os carros bloqueando a rua, um barulho hostil, dissonante, feito pelos que estavam atrás, já durava algum tempo e aumentava a ruidosa confusão da cena.



Um homem metido em um guarda-pó longo tinha descido das ruínas do carro e estava no meio da rua, olhando do carro para o pneu e do pneu para os observadores com um ar ao mesmo tempo divertido e perplexo.

– Olhem só! – disse o homem. – O carro entrou na vala.

Ele achou o fato infinitamente espantoso, e eu reconheci primeiro o ar incomum de assombro, depois o homem – era aquele com quem havíamos estado na biblioteca de Gatsby.

– Como é que isso aconteceu?

Ele deu de ombros.

– Eu não entendo nada de mecânica – disse ele de forma decisiva.

– Mas como foi que isso aconteceu? O senhor se chocou contra o muro?

– Não me pergunte – disse Olhos de Coruja eximindo-se da responsabilidade. – Sei muito pouca coisa sobre direção de carros, praticamente nada. Aconteceu, e isso é tudo o que eu sei.

– Bom, se o senhor é um mau motorista, não devia tentar dirigir à noite.



– Mas eu não estava nem mesmo tentando – explicou ele indignado. – Eu não estava nem mesmo tentando.

Um silêncio de espanto desceu sobre todos os espectadores.

– O senhor quer cometer suicídio?

– Sorte sua que foi somente uma roda! Um mau motorista e que não estava nem mesmo tentando!

– Vocês não entenderam – explicou o criminoso. – Eu não estava dirigindo. Tem outro homem no carro.

O choque que se seguiu a essa declaração se fez audível em um prolongando "Ahhhhh!" enquanto a porta do cupê se abria lentamente. A multidão – agora já era uma multidão – recuou sem querer, e, quando a porta se abriu totalmente, houve uma pausa fantasmagórica. Então, muito devagar, parte por parte, um indivíduo pálido, oscilante, saiu da ruína tateando hesitantemente o chão com um enorme e instável sapato de dança.

Ofuscada pelo clarão dos faróis e confusa com a incessante reclamação das buzinas, a aparição cambaleou por um momento antes de perceber o homem no meio do aglomerado.

– Qual é o problema? – indagou ele calmamente. – Nós ficamos sem gasolina?

– Olhe!

Meia dúzia de dedos apontou para a roda amputada. Ele a olhou por um momento e depois olhou para cima como se desconfiasse que ela tinha caído do céu.

– Ela saiu – explicou alguém.

Ele concordou com a cabeça.

– Eu não percebi logo de cara que nós tínhamos parado.

Pausa. Depois, respirando bem fundo e erguendo os ombros, ele disse com voz determinada:

– Será que alguém pode me informar onde é que tem um posto de gasolina?

Pelo menos uns dez homens, alguns em situação um pouco melhor que a dele, lhe explicaram que a roda e o carro já não estavam unidos por nenhuma ligação física.

– Marcha à ré – propôs ele depois de algum tempo. – Virar ao contrário.

– Mas a roda *saiu*!

Ele hesitou.

– Não faz mal tentar – disse ele.

A gritaria das buzinas chegara a um ponto insuportável para mim, de modo que eu me virei e fui para casa cortando caminho pelo gramado. Olhei para trás uma vez. A lua, redonda como uma hóstia, brilhava sobre a casa de Gatsby, tornando a noite tão bela quanto antes e sobrevivendo às risadas e ao som do seu jardim ainda resplandecente. Um vazio súbito parecia agora fluir das janelas e das grandes portas, conferindo uma impressão de total isolamento à figura do anfitrião, que de pé na varanda erguia a mão num gesto formal de adeus.

Lendo o que escrevi até agora, percebo ter feito parecer que tudo o que me absorveu foram os acontecimentos de três noites distantes várias semanas uma da outra. Pelo contrário, esses acontecimentos foram apenas casuais em um verão abarrotado, e durante muito tempo me absorveram infinitamente menos que as minhas questões pessoais.



A maior parte do tempo eu trabalhava. No começo da manhã o sol lançava a minha sombra para o oeste enquanto eu me apressava pelos abismos brancos do sul de Nova York em direção ao Probity Trust. Eu conhecia pelo prenome os outros funcionários e os vendedores de títulos, e com eles almoçava salsichinhas de porco, purê de batata e café em restaurantes escuros e apinhados. Tive até mesmo um caso breve com uma moça que morava em Jersey City e trabalhava no departamento de contabilidade, mas o irmão dela começou a me lançar olhares hostis, e assim eu deixei a coisa acabar quando ela saiu de férias em julho.

Meu jantar era normalmente no Yale Club – por alguma razão era o acontecimento mais soturno do meu dia –, e depois eu subia para a biblioteca e durante uma hora estudava conscienciosamente investimentos e títulos. Quase sempre havia alguns arruaceiros por ali, mas eles nunca entravam na biblioteca, e assim o lugar era bom para trabalhar. Depois disso, se a noite era agradável, eu percorria a Avenida Madison, passava pelo Murray Hill Hotel e virava na Rua 33 até a Estação Pennsylvania.

Comecei a gostar de Nova York, da sensação estimulante, aventurosa que ela transmite à noite e da satisfação que dá ao olho inquieto a constante vibração de homens, mulheres e máquinas. Gostava de caminhar pela Quinta Avenida escolhendo na multidão mulheres românticas e imaginando que dali a alguns minutos eu entraria na vida delas e ninguém jamais saberia desse fato ou o desaprovaria. Às vezes, em pensamento, eu as seguia até o apartamento delas no canto de uma rua escondida e elas olhavam para trás e sorriam para mim antes de desaparecerem atrás de uma porta, na obscuridade amigável. No encantado crepúsculo metropolitano eu sentia às vezes uma solidão melancólica e a percebia igualmente nas outras pessoas – jovens funcionários pobres que matavam o tempo diante de vitrines à espera da hora do jantar solitário em um restaurante; jovens funcionários no lusco-fusco, desperdiçando os momentos mais comovedores da noite e da vida.

Às oito horas, quando as cinco faixas escuras das ruas paralelas seguintes à Rua 40 estavam tomadas pela pulsação dos táxis que se dirigiam à região dos teatros, eu sentia novamente um aperto no coração. Dentro dos táxis, vultos se reclinavam à espera, e ouviam-se cantorias e risos provocados por piadas inaudíveis, e os cigarros acesos desenhavam círculos ininteligíveis. Como se também eu estivesse me apressando a caminho da alegria e compartilhasse sua emoção íntima, eu lhes desejava boa sorte.

Durante algum tempo perdi de vista Jordan Baker, mas no meio do verão voltei a encontrá-la. Inicialmente eu me sentia lisonjeado por sair com ela, uma campeã de golfe que todos conheciam. Depois era algo mais que isso. Eu não estava realmente apaixonado, mas tinha uma espécie de terna curiosidade. A expressão entediada e arrogante que ela dirigia ao mundo ocultava algo – no final das contas, todas as afetações ocultam algo, embora não seja assim desde o começo –, e um dia descobri o que era. Quando estávamos em Warwick, em uma grande reunião de fim de semana na casa de amigos, ela deixou na chuva e com a capota abaixada um carro emprestado, e depois mentiu sobre isso – e subitamente me lembrei da história que tinha ouvido sobre ela mas não me ocorrera naquela noite na casa de Daisy. No seu primeiro grande torneio de golfe houve uma discussão que quase chegou aos jornais; uma insinuação de que na rodada da semifinal ela havia deslocado a bola, tirando-a de uma posição ruim. A história esteve perto de se tornar um escândalo, mas acabou sendo esquecida. Um carregador de tacos retirou sua declaração, e a outra testemunha admitiu que talvez tivesse se enganado. Mas o incidente e o nome ficaram na minha memória.

Jordan Baker evitava instintivamente os homens inteligentes, argutos, e agora eu percebia a razão disso: ela se sentia mais segura em um plano em que qualquer divergência de um código de comportamento seria considerada impossível. Ela era irremediavelmente desonesta. Não era capaz de suportar uma posição de desvantagem, e suponho que esse traço a tenha feito começar a lidar com subterfúgios quando ainda muito jovem, a fim de manter aquele sorriso frio e insolente que dirigia ao mundo e ao mesmo tempo satisfazer as exigências do seu corpo rijo, elegante.

Isso me era indiferente. Em uma mulher a desonestidade é algo que não reprovamos profundamente. Senti uma certa tristeza e depois esqueci. Foi naquela mesma reunião no campo que tivemos uma curiosa discussão sobre a conduta como motorista. A conversa começou porque ela passou tão perto de alguns trabalhadores que o nosso para-choque arrancou um botão do paletó de um homem.



– Você é uma péssima motorista – protestei. – Precisa ter mais cuidado ou então não deve dirigir de jeito nenhum.

– Eu sou cuidadosa.

– Não, você não é.

– Bom, os outros são – disse ela despreocupadamente.

– E o que é que isso tem a ver?

– Eles vão ficar fora do meu caminho – insistiu ela. – Para acontecer um acidente é preciso que haja duas pessoas.

– E se você encontrar alguém tão descuidado quanto você?

– Torço para que isso nunca aconteça – respondeu ela. – Odeio gente descuidada. É por isso que eu gosto de você.

Os olhos cinza, contraídos por causa do sol, fitavam diretamente à sua frente, mas ela havia mudado de propósito a nossa relação, e por um momento eu achei que a amava. Contudo, tenho o raciocínio lento e sou cheio de regras interiores que agem como freio sobre os meus desejos, e sabia que primeiro tinha de me desembaraçar definitivamente daquela complicação na minha cidade. Eu escrevia para a moça toda semana e assinava nas cartas: "Com amor, Nick", e a única coisa que me ocorria quando me lembrava dela era o bigodinho de transpiração que surgia acima do seu lábio superior quando ela jogava tênis. Mas havia um vago compromisso que precisava ser rompido com habilidade antes que eu pudesse me considerar livre.

Todos desconfiam que têm pelo menos uma das virtudes cardeais, e a minha é esta: sou uma das poucas pessoas honestas que já conheci.

# 4

Na manhã de domingo, enquanto os sinos das igrejas badalavam nas cidadezinhas ao longo da costa, todos voltavam à casa de Gatsby junto com suas amantes e passeavam alegremente em seu gramado.

– Ele faz contrabando de bebidas – diziam as moças, deslocando-se entre os coquetéis e as flores do jardim. – Já matou um homem que descobriu o seu parentesco próximo com Von Hindenburg e com o demônio. Me dê uma rosa, querido, e despeje uma última gota nesta taça de cristal.

Certa vez anotei nos espaços vazios do horário dos trens os nomes das pessoas que compareciam à casa de Gatsby naquele verão. Hoje esse papel, que tem o título "Horário em vigor no dia 5 de julho de 1922", está velho, desintegrando-se nas dobras. Mas ainda posso ler os nomes cinza, e para lhe dar uma ideia das pessoas que aceitaram a hospitalidade de Gatsby e lhe pagaram o sutil tributo de ignorar tudo o que dizia respeito a ele, esses nomes servirão bem mais que as generalidades que eu poderia dizer sobre elas.

De East Egg iam os Chester Becker, os Leech, um homem chamado Bunsen, que eu conhecia de Yale, e o dr. Webster Civet, que no verão do ano passado se afogou no Maine. E os Hornbeam, os Willie Voltaire e um clã inteiro chamado Blackbuck, que sempre se reunia em um canto e empinava o nariz como um bode para quem quer que se aproximasse. E os Ismay, os Chrystie (ou então Hubert Auerbach e a mulher do sr. Chrystie), Edgar Beaver, cujo cabelo, dizia-se, ficou totalmente branco, sem nenhuma razão aparente, em uma tarde de inverno.

Clarence Endive era de East Egg, pelo que me lembro. Apareceu uma única vez, trajando calções brancos presos na altura dos joelhos, e brigou no jardim com um vagabundo bêbado chamado Eddy. De locais de Island mais distantes vinham os Cheadle e os O. R. P. Schraeder, os Stonewall Jackson Abrams, da Georgia, os Fishguard e os Ripley Snell. Snell esteve lá três dias antes de ir para a penitenciária; bebeu tanto que ficou caído no cascalho da entrada de veículos, e o carro da sra. Ulysses Swett passou sobre a sua mão direita. Os Dancy também iam, S. B. Whitebait, que já estava com bem mais de sessenta anos, Maurice A. Flink, os Hammerhead, Beluga, o importador de tabaco, e as moças da Beluga.

De West Egg iam os Pole, os Mulready, Cecil Roebuck e Gulick, o senador do estado, Newton Orchid, que controlava a Films Par Exellence, Eckhaust e Clyde Cohen, Don S. Schwartz (filho) e Arthur McCarty, todos ligados ao cinema, de uma forma ou de outra. E os Catlip, os Bemberg e G. Earl Muldoon, irmão do Muldoon que depois estrangulou a mulher. Da Fontano, o promotor, ia lá, e Ed Legros, James B. ("Zurrapa") Ferret, os De Jong e Ernest Lilly – esses iam lá para jogar, e quando Ferret saía para o jardim, isso significava que ele ficara sem dinheiro e teria de torcer para no dia seguinte as ações da sua empresa de transportes, a Associated Traction, flutuarem com lucro.

Um homem chamado Klipspringer ia lá com tanta frequência que ficou conhecido como "o hóspede" – duvido que ele tivesse outra residência. Do pessoal do teatro iam Gus Waize, Horace O'Donavan, Lester Myer, George Duckweed e Francis Bull. Também de Nova York eram os Chrome, os Backhysson, os Dennicker, Russel Betty, os Corrigan, os Kelleher, os Dewar, os Scully, S. W. Belcher, os Smirke, os jovens Quinn, hoje divorciados, e Henry L. Palmetto, que se suicidou pulando na frente da locomotiva de um metrô em Times Square.



Benny McClenahan chegava sempre com quatro garotas. Elas nunca eram exatamente as mesmas pessoas físicas, mas, de tão idênticas umas às outras, inevitavelmente me deixavam com a impressão de já as ter visto ali antes. Esqueci seus nomes – Jaqueline, acho, ou então Consuela ou Gloria, ou Judy, ou June –, e os sobrenomes eram melodiosos nomes de flores e de meses ou severos nomes dos grandes capitalistas americanos de quem, se pressionadas, elas confessariam ser primas.

Além de todas essas pessoas, lembro que Faustina O'Brien foi lá pelo menos uma vez, e as meninas Baedeker, o jovem Brewer, que teve o nariz arrancado por um tiro na guerra, o sr. Albrucksburger e a srta. Haag, sua noiva, Ardita Fitz--Peters, o sr. P. Jewett, que já tinha sido presidente da Legião Americana, a srta. Claudia Hip, com um homem que dizia ser seu motorista, e um príncipe de alguma coisa, que chamávamos Duke e cujo nome, se algum dia eu soube, esqueci.

Todos eles iam à casa de Gatsby no verão.

Às nove horas, em uma manhã do final de julho, o vistoso carro de Gatsby deu uma guinada, estacionou no caminho de pedras diante da minha porta e com sua buzina de três notas emitiu uma explosão musical. Era a primeira vez que ele ia me visitar, embora eu já tivesse ido a duas festas suas, voado no seu hidroavião e, depois de insistentes convites, feito uso frequente da sua praia.



– Bom dia, meu velho. Você vai almoçar comigo hoje, e então eu achei que podíamos ir juntos.

Ele estava se equilibrando no estribo do carro com essa desenvoltura de movimentos tão caracteristicamente americana – que vem, suponho eu, do fato de os nossos jovens não levantarem pesos e, até mais, da graça amorfa dos nossos nervosos jogos esporádicos. Sob a forma de uma inquietação, esse atributo quase sempre se impunha sobre o jeito meticuloso de Gatsby. Ele nunca ficava totalmente imóvel; seu pé estava sempre batendo em alguma coisa ou sua mão se abria e se fechava com impaciência.

Ele viu que eu olhava admirado para o seu carro.

– Bonito, hein, meu velho? – Ele pulou e saiu da frente para que eu pudesse ver melhor. – Não tinha visto ainda?

Eu tinha visto. Todo mundo tinha visto. Tinha um belo tom de creme e um brilho niquelado, e era acrescido aqui e ali de triunfais caixas de chapéu, caixas de comida e caixas de ferramentas que aumentavam seu já descomunal comprimento, sendo também dotado de um labirinto de para-brisas que refletiam uma dezena de sóis. Sentados atrás de muitas camadas de vidro, em uma espécie de estufa de couro verde, partimos para a cidade.

Eu havia conversado com ele talvez uma meia dúzia de vezes ao longo daquele mês e descobrira, desapontado, que ele tinha pouca coisa a dizer. Com isso a minha primeira impressão, de que Gatsby era uma pessoa importante, embora de uma forma indefinida, foi pouco a pouco desaparecendo, e ele se tornara simplesmente o meu vizinho proprietário de uma elaborada taberna à margem da estrada.



E então aconteceu aquela constrangedora viagem de carro. Não tínhamos ainda chegado ao povoado de West Egg quando ele começou a não concluir suas frases elegantes e a dar palmadas hesitantes no joelho do seu terno cor de caramelo.

– Me diz uma coisa, meu velho – começou ele de repente –, qual é a sua opinião sobre mim?

Um tanto desconcertado, comecei fazendo as evasivas genéricas exigidas pela pergunta.

– Bom, vou lhe dizer uma coisa sobre a minha vida – interrompeu-me ele. – Não quero que você fique com uma ideia errada de mim por causa dessas histórias que certamente já ouviu.

Assim, ele sabia das acusações bizarras que temperavam as conversas nas salas da sua casa.

– Vou lhe dizer a sagrada verdade. – Sua mão direita subitamente convocou a atenção da punição divina. – Eu sou filho de pessoas ricas do Meio-Oeste, todas elas já mortas. Cresci nos Estados Unidos mas estudei em Oxford, porque todos os meus ancestrais estudaram lá durante muitos anos. É uma tradição familiar.

Ele me olhou de soslaio – e então eu soube por que Jordan Baker o havia considerado mentiroso. Ele passou correndo pelas palavras "estudei em Oxford", ou as engoliu, ou as abafou, como se elas já o tivessem incomodado antes. E com aquela dúvida, toda a sua declaração se fez em pedaços, e eu me perguntei se afinal de contas não haveria nele algo de sinistro.

– Que parte do Meio-Oeste? – indaguei displicentemente.



– San Francisco.

– Ah, sim.

– Toda a minha família morreu, e eu herdei muito dinheiro.

Sua voz era solene, como se a lembrança dessa súbita extinção de um clã ainda o assombrasse. Por um momento achei que ele estava puxando a minha perna, mas uma olhadela para ele me convenceu de que não era nada disso.

– A partir de então eu vivi como um jovem rajá em todas as capitais da Europa – Paris, Veneza, Roma –, colecionando joias, principalmente de rubi, caçando animais de grande porte, pintando um pouco, só coisas para mim mesmo, e tentando esquecer um fato muito triste que tinha acontecido comigo tempos antes.

Precisei me esforçar para reprimir minha risada incrédula. As próprias frases eram tão gastas que não me suscitavam nenhuma imagem, fora a de uma marionete de turbante que perde serragem por todos os poros na perseguição a um tigre pelo Bois de Boulogne.

– Então veio a guerra, meu velho. Foi um grande alívio, e eu fiz o possível para morrer, mas acho que tinha uma vida encantada. Aceitei a patente de primeiro-tenente quando a guerra começou. Na floresta de Argonne, levei até tão longe o que sobrara do meu batalhão de artilharia que dos dois lados se criou um espaço de oitocentos metros pelo qual a infantaria não pôde avançar. Permanecemos lá por dois dias e duas noites, cento e trinta homens com dezesseis metralhadoras Lewis; e quando finalmente chegou a infantaria, ela encontrou entre as pilhas de mortos as insígnias de três divisões alemãs. Fui promovido a major, e todos os governos aliados me condecoraram – até Montenegro, a pequena Montenegro, no mar Adriático!



Pequena Montenegro! Ele destacou as palavras e as cumprimentou com um aceno da cabeça e com o seu sorriso. Aquele sorriso envolvia a história conturbada de Montenegro e se solidarizava com as corajosas lutas dos montenegrinos. Reconhecia plenamente a cadeia de circunstâncias nacionais que haviam produzido aquele tributo do caloroso coraçãozinho de Montenegro. Então o fascínio fez submergir a minha incredulidade; era como passar os olhos rapidamente por uma dezena de revistas.

Ele levou a mão ao bolso e uma peça de metal, presa a uma fita, caiu na palma da minha mão.

– Esta é a de Montenegro.

Para minha perplexidade, o objeto tinha uma aparência autêntica. "Orderi di Danilo", dizia a legenda circular, "Montenegro, Nicolas Rex".

– Vire.

– "Major Jay Gatsby" – li – "pelo Extraordinário Valor".

– E esta é outra coisa que eu sempre trago comigo. Uma lembrança dos dias de Oxford. Foi tirada no Trinity Quad – o homem que está à minha esquerda é agora conde de Doncaster.

Era uma foto de meia dúzia de jovens de blazer vagabundeando sob uma arcada atrás da qual se via uma série de torres. Lá estava Gatsby, com uma aparência um pouco – não muito – mais jovem; tinha na mão um taco de críquete.

Então era tudo verdade. Vi as flamejantes peles de tigre no palácio do Grande Canal; vi-o abrindo um cofre de rubis, cujas luminosas profundidades carmesins aplacavam as pontadas do seu coração ferido.



– Hoje eu vou lhe fazer um pedido importante – disse ele enquanto prazerosamente devolvia ao bolso suas lembranças –, por isso achei que você precisava saber alguma coisa sobre mim. Não queria que pensasse em mim como um nada. Sabe, normalmente eu fico entre estranhos porque vou de um lado para outro tentando esquecer as coisas tristes que me aconteceram. – Ele hesitou. – Hoje à tarde você vai ficar inteirado de tudo.

– No almoço?

– Não, à tarde. Descobri por acaso que você vai levar a senhorita Baker para um chá.

– Você quer dizer que está apaixonado pela senhorita Baker?

– Não, meu velho, não estou. Mas a senhorita Baker consentiu gentilmente em falar com você sobre essa questão.

Eu não tinha a menor ideia do que seria "essa questão", mas estava mais aborrecido que interessado. Não havia convidado Jordan para o chá para conversar sobre o sr. Jay Gatsby. Tinha certeza de que o pedido seria algo totalmente fantástico, e por um momento lamentei ter posto os pés no gramado superlotado do meu vizinho.

Ele não disse palavra. Sua formalidade aumentava à medida que nos aproximávamos da cidade. Passamos por Port Roosevelt, onde tivemos um relance de transatlânticos com o casco pintado de vermelho junto à água, e nos apressamos ao atravessar uma favela com pavimento de pedra e pontilhada de bares escuros, ordinários, com douradura do século XIX. Depois surgiu dos dois lados da estrada o vale de cinzas, e ao passarmos por lá vi rapidamente a sra. Wilson na bomba de gasolina, esforçando-se com uma vitalidade ofegante.



Com para-lamas estendidos como asas, espalhamos luz pela primeira metade de Astoria – só a primeira, porque, quando ziguezagueávamos entre os pilares do elevado, ouvi o conhecido "*vruuum – paf!*" de uma motocicleta, e um policial frenético aproximou-se de nós.

– Tudo bem, meu velho – disse Gatsby. Ele desacelerou o carro. Então tirou da carteira um cartão branco e o balançou diante dos olhos do homem.

– Está certo – concordou o policial com uma batidinha no quepe. – Da próxima vez eu vou reconhecê-lo, senhor Gatsby. Perdão!

– O que era aquilo? – perguntei. – A foto de Oxford?

– Uma vez eu fiz um favor para o comissário de polícia, e todo ano ele me manda um cartão de Natal.

Atravessamos uma grande ponte, onde a luz do sol que passava por entre as vigas tremulava constantemente sobre os carros em movimento, enquanto a cidade se elevava do outro lado do rio em pilhas brancas e torrões de açúcar erguidos a partir de um desejo e dinheiro limpo. A cidade vista da Ponte Queensboro é sempre a cidade vista pela primeira vez, em sua primeira promessa infundada de todo o mistério e toda a beleza do mundo.

Um homem morto cruzou por nós em um carro fúnebre com pilhas de flores, seguido por duas carruagens com cortinas baixadas e outras, mais animadas, para os amigos. Estes nos fitaram com os olhos trágicos e o lábio superior fino dos povos do sudeste europeu, e me agradou imaginar que a visão do esplêndido carro de Gatsby estava incluída na sua viagem sombria. Ao atravessarmos Blackwell's Island uma limusine nos ultrapassou, dirigida por um motorista branco e com três negros muito bem-vestidos, dois homens e uma mulher. Ri alto ao ver as gemas dos seus globos oculares girarem para nós em uma rivalidade altiva.



"Tudo pode acontecer, agora que nós atravessamos esta ponte", pensei; "simplesmente tudo..."

Até Gatsby podia acontecer, sem que isso causasse espanto.

Meio-dia barulhento. Em um porão bem ventilado da Rua 42 eu me encontrei com Gatsby para almoçarmos. Piscando para me livrar da luz da rua, meus olhos o localizaram na antessala, conversando com outro homem.

– Senhor Carraway, este é meu amigo, o senhor Wolfshiem.

Um judeu baixo e de nariz chato levantou a cabeçorra e me olhou, com dois magníficos tufos de pelos vicejando nas narinas. Depois de algum tempo descobri seus olhinhos na semiobscuridade.

– Então eu dei uma olhada nele – disse o sr. Wolfshiem apertando-me a mão com gravidade –, e o que você acha que ele fez?

– O quê? – perguntei educadamente.

Mas era óbvio que ele não estava falando comigo, porque largou a minha mão e apontou para Gatsby o impressionante nariz.

– Entreguei o dinheiro para Katspaugh e disse: "Tudo bem, Katspaugh, não lhe pague um centavo enquanto ele não fechar a boca". Aí ele fechou a boca imediatamente.



Gatsby tomou-nos pelo braço e nos levou até dentro do restaurante, onde o sr. Wolfshiem deixou em meio uma nova frase que iniciara e mergulhou em uma abstração sonâmbula.

– Uísque com soda? – perguntou o maître.

– Este restaurante é muito bom – comentou o sr. Wolfshiem, olhando para as ninfas presbiterianas do teto. – Mas eu prefiro o que fica do outro lado da rua.

– Isso, uísques com soda – concordou Gatsby, e depois disse para o sr. Wolfshiem: – Lá é quente demais.

– Quente e pequeno, você tem razão – concordou o sr. Wolfshiem –, mas cheio de lembranças.

– Que lugar é esse? – perguntei.

– O velho Metropole.

– O velho Metropole – repetiu melancolicamente o sr. Wolfshiem. – Cheio de rostos que já desapareceram. Cheio de amigos que se foram para sempre. Enquanto viver, não vou esquecer a noite em que mataram Rosy Rosenthal naquele restaurante. Nós éramos seis à mesa, e Rosy tinha comido e bebido muito. Quando já estava quase amanhecendo, o garçom se aproximou e, com um olhar engraçado, disse que alguém queria falar com ele lá fora. "Tudo bem", disse Rosy, e começou a se levantar, e eu fiz com que ele se sentasse de novo.

"'Se esses canalhas querem falar com você, diga para eles



virem aqui, Rosy, mas, por favor, não saia desta sala.'

"Eram quatro da madrugada, e se tivéssemos levantado as persianas, veríamos a luz do dia."

– E ele foi? – indaguei inocentemente.

– Claro que foi. – O nariz do sr. Wolfshiem se voltou para mim, indignado. – Quando estava na porta, ele se virou para nós e disse: "Não deixem o garçom levar o meu café!". – Então saiu para a calçada, e eles lhe deram três tiros na barriga e fugiram de carro.

– Quatro sujeitos foram eletrocutados – comentei, lembrando-me.

– Cinco, com o Becker. – Suas narinas se viraram para mim com interesse. – Ouvi dizer que você está procurando uma "ligazon" comercial.

A justaposição dessas duas observações foi chocante. Gatsby respondeu por mim.

– Ah, não – exclamou –, não é ele.

– Não? – O sr. Wolfshiem pareceu desapontado.

– Ele é meu amigo. Eu falei que nós conversaríamos sobre isso em uma outra ocasião.

– Me desculpe – disse o sr. Wolfshiem –, eu o tomei por outro homem.

Nesse momento chegou um suculento picadinho, e o sr. Wolfshiem, esquecendo a atmosfera mais sentimental do velho Metropole, começou a comer com uma delicadeza voraz. Seus olhos, enquanto isso, vagavam muito lentamente pelo salão – ele completou o arco com um giro de cabeça para inspecionar as pessoas que estavam bem atrás de si. Fiquei com a impressão de que se eu não estivesse ali ele teria dado uma olhada embaixo da nossa própria mesa.



– Escute aqui, meu velho – disse Gatsby, inclinando-se na minha direção –, acho que hoje de manhã, no carro, deixei você um pouco zangado.

De novo um sorriso, mas dessa vez não cedi a ele.

– Eu não gosto de mistérios – respondi –, e não entendo por que você não fala francamente o que quer. Por que é que tudo tem de passar pela senhorita Baker?

– Ah, não é nada desleal – garantiu-me ele. – A senhorita Baker é uma ótima esportista, você sabe disso, e nunca faria nada que não fosse correto.

De repente ele olhou para o relógio, pulou da cadeira e saiu correndo da sala, deixando-me à mesa com o sr. Wolfshiem.

– Ele precisa telefonar – disse o sr. Wolfshiem, seguindo-o com o olhar. – Bom sujeito, não é? De aparência agradável e um perfeito cavalheiro.

– É, sim.

– É um homem de Ozford.

Hã?

– Ele fez faculdade em Ozford, na Inglaterra. Ozford, você sabe, não sabe?

– Sei, sim.

– É uma das faculdades mais famosas do mundo.

– O senhor conhece Gatsby há muito tempo? – perguntei.

– Há muitos anos – respondeu ele com satisfação. – Tive o prazer de conhecê-lo logo que terminou a guerra. Mas depois de conversar com ele por uma hora, eu já soube que tinha descoberto um homem de alta linhagem. Eu disse para mim mesmo: "Esse é o tipo de homem que você gostaria de levar para casa e apresentar à sua mãe e à sua irmã". – Fez uma pausa. – Noto que você está olhando para as minhas abotoaduras.



Eu não estava olhando, mas então olhei. Eram formadas com pedaços de marfim com formas que me pareceram conhecidas.

– Os melhores exemplares de molares humanos – informou-me ele.

– Nossa! – Eu as examinei. – Muito interessante essa ideia.

– É. – Ele deu uma pancadinha nos punhos sob a jaqueta. – O Gatsby é muito cuidadoso com as mulheres. Nunca chegaria nem mesmo a olhar para a mulher de um amigo.

Quando o objeto dessa confiança instintiva voltou à mesa e se sentou, o sr. Wolfshiem bebeu seu café de um só gole e se levantou.

– Gostei muito do almoço – proclamou ele –, e vou me afastar de vocês, meus jovens, para não ficar mais que o esperado pela sua boa acolhida.

– Não tenha pressa, Meyer – disse Gatsby sem entusiasmo. O sr. Wolfshiem ergueu a mão em uma espécie de bênção.

– Vocês são muito educados, mas são de outra geração – anunciou ele solenemente. – Sentados aqui, discutem os seus esportes, as suas garotas e o seu... – Com outro aceno de mão ele deixou implícito um substantivo imaginário. – Quanto a mim, tenho cinquenta anos e não vou me impor a vocês nem mais um minuto.

Quando nos apertou a mão e começou a se afastar, seu nariz trágico estava fremente. Perguntei-me se teria dito algo que o ofendera.



– Às vezes ele fica muito sentimental – explicou Gatsby. – Hoje é um dos seus dias sentimentais. Ele é uma personalidade nova-iorquina, um cidadão da Broadway.

– Quem é ele, afinal, um ator?

– Não.

– Dentista?

– Meyer Wolfshiem? Não, é jogador. – Gatsby hesitou, depois acrescentou tranquilamente: – É o homem que manipulou o resultado da World's Series de beisebol em 1919.

– Manipulou a World's Series? – repeti.

A ideia me chocou. Eu me lembrava, claro, que a World's Series de beisebol fora manipulada em 1919, mas, se alguma vez tivesse refletido sobre o caso, teria pensado naquilo como algo que apenas *tinha acontecido*, o final de alguma cadeia inevitável. Nunca me ocorrera que um homem pudesse manobrar a fé de cinquenta milhões de pessoas com a mesma determinação de um ladrão que explode um cofre.

– Como foi que ele conseguiu fazer isso? – perguntei depois de um minuto.

– Ele simplesmente percebeu a oportunidade.

– E como é que ele não está na cadeia?

– É muito difícil pegar esse sujeito, meu velho. Ele é um homem esperto.

Insisti em pagar a conta. Quando o garçom vinha trazendo o troco, vi Tom Buchanan do outro lado do salão cheio de gente.



– Venha comigo um instante – disse eu. – Preciso cumprimentar uma pessoa.

Quando nos viu, Tom se levantou rapidamente e deu meia dúzia de passos na nossa direção.

– Por onde você andou? – indagou ele, ansioso. – Daisy está furiosa porque você não telefonou.

– Este é o senhor Gatsby, senhor Buchanan.

Eles trocaram um breve aperto de mãos e notei no rosto de Gatsby um tenso olhar de constrangimento que até então não tinha visto.

– Mas como é que você está? – perguntou-me Tom. – Por que você veio tão longe para comer?

– Eu almocei com o senhor Gatsby.

Voltei-me para o sr. Gatsby, mas ele não estava mais ali.

* * *

Em outubro de 1917, certo dia...

(disse Jordan Baker naquela tarde, muito empertigada em uma cadeira do jardim do Plaza Hotel, onde servem chá)

... eu estava andando de um lado para outro, ora nas calçadas, ora nos gramados. Ficava mais feliz nos gramados porque estava com sapatos ingleses com saliências de borracha no solado, que afundavam no terreno fofo. Vestia uma saia nova pregueada que estufava um pouco ao vento, e sempre que isso acontecia as bandeiras vermelhas, brancas e azuis colocadas diante de todas as casas se projetavam para fora e diziam *tut-tut-tut-tut* em um tom de desaprovação.



A maior bandeira e o maior gramado eram da casa da Daisy Fay, que tinha somente dezoito anos, dois a mais que eu, e era sem dúvida a garota mais popular de Louisville. Ela se vestia de branco e tinha um carrinho branco sem capota nem bancos traseiros, e na sua casa o telefone tocava o dia inteiro, e jovens oficiais entusiasmados de Camp Taylor lhe pediam o privilégio de monopolizá-la naquela noite. "Tudo bem, só por uma hora, então!"

Quando cheguei à calçada do outro lado da sua casa naquela manhã o carrinho branco tinha sido estacionado junto ao meio-fio, e dentro dele estavam sentados a Daisy e um tenente que eu nunca havia visto. Pareciam tão absortos um no outro que ela só percebeu a minha presença quando eu estava a um metro e meio de distância.

– Olá, Jordan – gritou ela inesperadamente. – Venha cá, por favor.

Eu me senti lisonjeada por ela querer falar comigo, porque Daisy era a moça que eu mais admirava. Ela me perguntou se eu estava indo à Cruz Vermelha para fazer curativos. Eu estava. Bom, então eu poderia dizer a eles que ela não ia naquele dia? Enquanto a Daisy falava, o oficial olhava para ela do jeito com que todas as garotas querem ser olhadas alguma vez, e como isso me pareceu romântico, eu nunca esqueci a cena. O nome dele era Jay Gatsby, e eu não voltei a vê-lo nos quatro anos seguintes – mesmo quando o encontrei em Long Island, não notei que era o mesmo homem.



Isso foi em 1917. No ano seguinte eu tive alguns namorados e comecei a jogar nos torneios, por isso não vi a Daisy com frequência. Ela saía com uma turma um pouco mais velha – quando acontecia de sair com alguém. Circulavam boatos insistentes sobre ela – que em uma noite de inverno sua mãe a havia surpreendido fazendo a mala para ir a Nova York se despedir de um soldado que estava de partida para o exterior. Conseguiram retê-la em casa, mas ela ficou sem falar com a família durante semanas. Depois disso não se divertiu mais com soldados, mas somente com uns poucos jovens conterrâneos de pé-chato ou míopes, que não poderiam jamais entrar no exército.

No outono seguinte ela estava novamente alegre, alegre como sempre. Fez o seu baile de debutante depois do armistício, e em fevereiro estava – ao que tudo indicava – noiva de um rapaz de New Orleans. Em junho ela se casou com Tom

Buchanan, de Chicago, com pompa e circunstância jamais vista em Louisville. Ele apareceu com uma centena de pessoas que viajaram em quatro vagões particulares e reservou um andar inteiro do Muhlbach Hotel, e na véspera do casamento deu a ela um colar de pérolas avaliado em trezentos e cinquenta mil dólares.

Eu fui uma das suas madrinhas. Entrei no quarto dela meia hora antes do jantar do casamento e a encontrei encantadora como a noite de junho, deitada na cama com seu vestido com estampa floral – bêbada como um gambá. Tinha em uma das mãos uma garrafa de Sauterne e na outra uma carta.

– M-mme dê osss parabénsss – murmurou ela. – N-nuuunca tinha bebido, masss, hummm, é bom demaisss.

– O que é que está acontecendo, Daisy?



Eu estava realmente assustada; nunca tinha visto uma moça daquele jeito.

– Olha aaaqui, meu beeem. – Ela remexeu em uma cesta de lixo que estava ao seu lado na cama e tirou de lá o colar de pérolas. – Leve lá para baaaixo e devolva isso para o ssseu dono, ssei lá quem é. Fale que a D-daaaisy n-nnão quer maisss casar. Diga: "A Daisy não q-quer mais casar!"

Ela começou a chorar – chorou muito. Saí correndo do quarto e fui falar com a empregada da sua mãe; trancamos a porta e pusemos a Daisy em um banho frio. Ela não queria largar a carta. Foi com ela para a banheira e a apertou, formando uma bola molhada, e somente permitiu que eu a deixasse na saboneteira quando a viu começar a se desintegrar como neve.

Mas não disse mais nada. Fizemos com que cheirasse sais de amônia, pusemos gelo na sua testa e novamente a vestimos, e meia hora depois, quando saímos do quarto, as pérolas envolviam seu pescoço, e o incidente estava encerrado. No dia seguinte às cinco horas ela se casou com Tom Buchanan sem demonstrar nenhuma hesitação e começou uma viagem de três meses aos mares do Sul.

Eu os encontrei em Santa Barbara quando eles voltaram, e achei que nunca tinha visto uma mulher tão louca pelo marido. Se ele saía da sala por um minuto, ela olhava em volta, apreensiva, e dizia: "Aonde foi o Tom?", e ficava com a expressão mais abstraída até vê-lo de volta na sala. Ela se sentava na areia com a cabeça dele no colo durante uma hora, roçando os dedos sobre seus olhos e olhando enlevada para ele. Ver os dois juntos nos deixava tocados e nos fazia rir, mas era um riso silencioso, fascinado. Isso foi em agosto. Uma semana depois que deixei Santa Barbara, Tom se chocou à noite com outro veículo na estrada de Ventura e perdeu uma das rodas dianteiras do carro. A moça que estava com ele também chegou aos jornais, porque teve o braço quebrado – era uma das camareiras do Santa Barbara Hotel.



Em abril a Daisy teve a sua filhinha, e logo depois eles foram para a França, onde moraram por um ano. Eu estive com eles na primavera em Cannes e depois em Deauville, e então eles voltaram para Chicago e ali se estabeleceram. A Daisy era popular em Chicago, como você sabe. Eles circulavam com um grupo ávido de prazeres, todos eles jovens, ricos e desregrados, mas ela saiu da cidade com uma reputação absolutamente perfeita. Talvez porque não bebia. É uma grande vantagem não beber quando se está entre pessoas que bebem muito. Podemos segurar a língua e, sobretudo, podemos escolher o momento certo para expor os nossos pequenos deslizes, quando todos estão cegos a ponto de não verem nada ou não se importarem com nada. Talvez a Daisy nunca mostrasse interesse pelo *amour* – embora naquela voz haja algo...

Bom, mais ou menos seis meses atrás ela ouviu o nome do Gatsby pela primeira vez em anos. Foi quando eu lhe perguntei – lembra? – se você conhecia o Gatsby em West Egg. Depois que você foi para casa, ela entrou no meu quarto, me acordou e perguntou: "Que Gatsby é esse?", e quando eu o descrevi – estava meio dormindo –, ela disse com uma voz estranhíssima que devia ser o homem que ela conhecia. Só então eu liguei esse Gatsby ao tenente que estava no carro branco da Daisy.



Quando Jordan Baker acabou de contar tudo isso, nós havíamos deixado o Plaza havia meia hora e estávamos em uma vitória, passeando pelo Central Park. O sol em declínio se escondera atrás dos altos prédios de apartamentos das estrelas do cinema no West Fifties, e as vozes claras das crianças, que já se reuniam como grilos no gramado, se elevavam no quente crepúsculo:

*Sou o xeique das Arábias*
*Teu amor me pertence.*
*À noite, enquanto dormes,*
*Eu entro na tua tenda.*

– Foi uma estranha coincidência – disse eu.

– Mas não foi de modo algum uma coincidência.

– Por que não?

– O Gatsby comprou aquela casa para que a Daisy ficasse exatamente do outro lado da baía.

De modo que não eram só as estrelas que o faziam sonhar naquela noite de junho. Ele ganhou vida então, para mim, subitamente nascido do ventre do seu esplendor despropositado.

– Ele quer saber – prosseguiu Jordan – se você convidaria a Daisy para ir à sua casa uma tarde dessas e depois permitiria que ele aparecesse.

A modéstia do pedido me deixou pasmo. Ele havia esperado cinco anos e comprara uma mansão onde oferecia a luz das estrelas a mariposas abusadas, e no final queria poder "aparecer" uma tarde no jardim de um estranho.



– Era preciso eu saber tudo isso antes de ele poder pedir uma coisa tão à-toa?

– Ele tem medo; esperou muito tempo. Acha que você podia se ofender. Pode acreditar, no fundo ele é mesmo um sujeito muito persistente.

Fiquei preocupado.

– Por que ele não pediu a você que providenciasse um encontro?

– Ele quer que ela veja a casa dele – explicou Jordan. – E a sua fica exatamente ao lado.

– Ah!

– Tenho a impressão de que ele esperava que ela aparecesse em uma das suas festas – prosseguiu Jordan –, mas ela nunca foi.

Então ele começou a perguntar às pessoas, como quem não quer nada, se elas a conheciam, e eu fui a primeira que ele encontrou. Foi naquela noite em que ele mandou me chamar durante a festa, e você precisava ter visto as voltas que ele deu para entrar no assunto. Claro, eu sugeri imediatamente um almoço em Nova York – e achei que ele ia enlouquecer:

"'Eu não quero fazer nada longe daqui!', ele ficava repetindo. 'Quero ver a Daisy exatamente na casa ao lado.'

"Quando eu disse que você era amigo do Tom, ele começou a abandonar a ideia. Ele não sabe grande coisa sobre o Tom, embora diga que leu durante anos um jornal de Chicago só pela chance de ter um vislumbre do nome da Daisy."

Já estava escuro, e, ao mergulharmos sob uma ponte, pus o braço em torno do ombro dourado de Jordan, puxei-a para mim 
e a convidei para jantar. De repente eu já não estava pensando em Daisy e Gatsby, mas naquela pessoa sagaz e áspera que participava do ceticismo universal e se recostava lepidamente dentro do círculo do meu braço. Uma frase começou a martelar nos meus ouvidos com uma espécie de vertigem: "Existem apenas os perseguidos, os perseguidores, os ocupados e os cansados".

– E a Daisy precisa ter alguma coisa na vida – murmurou Jordan para mim.

– Ela quer ver o Gatsby?

– Ela não deve saber de nada disso. O Gatsby não quer que ela saiba. Ele só quer que você a convide para um chá.

Passamos por uma barreira de árvores escuras e depois a fachada da Rua 59, um quarteirão de claridade delicada, iluminou o parque. Ao contrário de Gatsby e Tom Buchanan, eu não tinha uma garota cujo rosto separado do corpo flutuasse pelas cornijas escuras e pelos letreiros ofuscantes, e assim puxei para mim a moça que estava ao meu lado, apertando-a nos meus braços. Sua boca lânguida, desdenhosa, sorriu, e isso me fez atraí-la para mais perto ainda, dessa vez para o meu rosto.

# 5

Quando naquela noite voltei para West Egg, temi por um momento que minha casa estivesse em chamas. Às duas da madrugada, todo aquele canto da península era um esplendor de luz, que se projetava nos arbustos, revestindo-os de um tom irreal, e criava estreitas cintilações alongadas nos fios de eletricidade da estrada. Ao fazer uma curva, vi que era a casa de Gatsby, acesa da torre até a adega.

Inicialmente pensei que seria outra festa, com a multidão brincando freneticamente de esconde-esconde e a casa toda aberta para facilitar a sua circulação. Mas não ouvi um único som. Apenas o vento nas árvores, que balançava os fios de eletricidade e fazia as luzes apagarem e voltarem a acender, como se a casa estivesse piscando na escuridão. Quando meu táxi se afastou roncando eu vi Gatsby no gramado, caminhando na minha direção.

– Sua casa parece a Feira Internacional – comentei.

– Verdade? – Gatsby dirigiu à casa um olhar ausente. – Andei dando uma olhada em alguns cômodos. Vamos para Coney Island no meu carro, meu velho.

– Está muito tarde.

– Bom, e se déssemos um mergulho na piscina? Durante todo o verão eu ainda não me banhei nela.

– Preciso ir dormir.

– Tudo bem, então.

Ele ficou à espera, olhando para mim com uma ânsia contida.

– Conversei com a senhorita Baker – disse eu depois de um momento. – Amanhã eu ligo para a Daisy e a convido para um chá na minha casa.

– Ah, ótimo – respondeu ele em um tom descuidado. – Não quero lhe causar nenhum transtorno.



– Que dia seria bom para você?

– Que dia seria bom para *você*? – apressou-se ele a me corrigir. – Não quero lhe causar nenhum transtorno, volto a dizer.

– Que tal depois de amanhã?

Ele pensou um pouco. Então disse com relutância:

– Quero aparar a grama.

Olhamos ambos para a grama – havia uma linha nítida no ponto em que terminava o meu gramado ordinário e começava o dele, mais escuro e bem conservado. Desconfiei que ele se referia à minha grama.

– E tem outra coisinha – completou ele de modo vago, e então hesitou.

– Você prefere esperar mais uns dias? – indaguei.

– Não, não é isso. Pelo menos... – Ele tentou várias vezes começar a falar. – Bom, eu acho... bom, escute aqui, meu velho, você não ganha muito dinheiro, ganha?

– Não muito.

Parece que com isso ele se tranquilizou, e ao prosseguir estava mais confiante.

– Eu achei mesmo. Se você me desculpar... Sabe, eu tenho um pequeno negócio, uma espécie de ocupação secundária. E acho que se você não ganha muito... Você vende títulos, não é isso, meu velho?

– Tento vender.

– Bom, isso seria interessante para você. Não lhe tomaria muito tempo e você ganharia um bom dinheiro. Mas é um assunto bastante confidencial.



Hoje percebo que em outras circunstâncias aquela conversa poderia ter sido um dos momentos decisivos da minha vida. Mas como me pareceu óbvio que ele estava, sem o menor tato, me propondo uma recompensa por um serviço que eu iria lhe prestar, não tive escolha senão cortar o assunto.

– Estou ocupadíssimo – disse eu. – Agradeço muito, mas não posso assumir mais nada.

– Você não teria nada a ver com o Wolfshiem. – Evidentemente ele achava que eu estava me esquivando da "ligazon" mencionada no almoço, mas lhe garanti que não era nada disso. Ele esperou mais um pouco, imaginando que eu começaria a conversar, mas eu estava absorto demais para ser receptivo, e assim, ele entrou em casa relutante.

A noite tinha me deixado tonto e feliz; acho que transpus a porta da frente da minha casa num sono profundo. Assim, não sei se Gatsby foi ou não foi para Coney Island ou durante quantas horas ele ainda deu "uma olhada em alguns cômodos" enquanto sua casa continuava resplandecendo ostentosamente. Na manhã seguinte liguei do escritório para Daisy e a convidei para um chá.

– Não traga o Tom – preveni-a.

– O quê?

– Não traga o Tom.

– Quem é "o Tom"? – perguntou ela inocentemente.

No dia combinado, chovia. Às onze horas um homem de capa de chuva e arrastando um cortador de grama bateu na minha porta e disse que o sr. Gatsby o havia mandado para cortar a grama. Isso me lembrou que eu havia esquecido de pedir à minha finlandesa para voltar, e assim fui de carro até o povoado de West Egg para procurá-la nos encharcados becos de casas caiadas e também para comprar chávenas, limões e flores.



As flores foram desnecessárias, porque às duas da tarde chegaram da casa de Gatsby uma estufa e também uma enorme quantidade de jarros para acomodá-la. Uma hora depois a porta da frente se abriu nervosamente e Gatsby, com um terno de flanela branca, camisa prateada e gravata dourada, entrou apressadamente. Estava pálido, e havia manchas escuras de insônia sob seus olhos.

– Está tudo bem? – perguntou ele imediatamente.

– O aspecto da grama está bom, se é que a sua pergunta se refere a ela.

– Que grama? – indagou ele sem entender. – Ah, a grama do jardim! – Pela janela ele olhou para a grama, mas, a julgar pela sua expressão, não creio que tenha visto alguma coisa.

– Está muito boa – comentou ele distraidamente. – Um dos jornais disse que a chuva deve passar às quatro horas. Acho que foi o *The Journal*. Você providenciou tudo o que era necessário para o... para o chá?

Eu o levei à despensa, onde ele olhou um tanto criticamente para a finlandesa. Examinamos juntos as doze tortinhas de limão que eu havia comprado na doceira.

– Elas resolvem o caso? – perguntei.

– Claro, claro! Estão boas... – E acrescentou em um tom forçado: – ... meu velho.



Depois das três e meia a chuva amainou, reduzindo-se a uma névoa úmida pela qual infrequentes gotinhas deslizavam como orvalho. Gatsby folheava com um olhar vago um exemplar do *Economics*, de Clay, assustava-se com os passos da finlandesa, que faziam tremer o chão da cozinha, e de quando em quando olhava pelos vidros embaçados das janelas, como se acontecimentos invisíveis mas alarmantes estivessem se sucedendo lá fora. Finalmente ele se levantou e me informou, com voz vacilante, que estava indo embora.

– Mas por quê?

– Ninguém vem para o chá. Já está muito tarde! – Ele consultou o relógio como se estivessem exigindo a sua presença em algum lugar. – Não posso ficar esperando o dia inteiro.

– Não seja bobo; ainda faltam dois minutos para as quatro.

Ele se sentou, consternado, como se eu o tivesse empurrado, e nesse mesmo instante ouvimos o som de um motor entrando na minha viela. Saltamos os dois e, um tanto aflito, saí para o jardim.

As gotas dos lilases sem flores caíam sobre um grande conversível que já estava na entrada de veículos. O carro parou. O rosto de Daisy, inclinado para um lado sob um chapéu de três pontas cor de lavanda, olhava para mim com um sorriso luminoso e arrebatador.

– Então é aqui mesmo que você mora, meu querido?

Naquela chuva, a estimulante ondulação da sua voz era um tônico fantástico. Tive de seguir por um momento a subida e descida daquele som, apenas com os ouvidos, antes de assimilar qualquer palavra. Uma mecha de cabelo molhado colava-se à sua face como uma pincelada de tinta azul, e sua mão úmida tinha gotas cintilantes quando a tomei para ajudá-la a descer do carro.



– Você está apaixonado por mim – murmurou ela no meu ouvido –, para me fazer vir sozinha?

– Esse é o segredo do Castelo Rackrent. Diga ao motorista para ir embora e não voltar antes de uma hora.

– Volte daqui a uma hora, Ferdie. – Então ela murmurou com voz grave: – O nome dele é Ferdie.

– A gasolina afeta o nariz dele?

– Acho que não – disse ela inocentemente. – Por quê?

Entramos. Para minha tremenda surpresa, a sala estava deserta.

– Bom, é divertido – exclamei.

– Divertido? O quê?

Batidas leves e polidas na porta da frente a fizeram voltar-se para olhar. Saí e a abri. Gatsby, com uma palidez mortal, as mãos mergulhadas como pesos nos bolsos do paletó, estava parado em uma poça de água e me encarava tragicamente.

Ainda com as mãos nos bolsos do paletó e andando imponentemente, ele entrou ao meu lado no vestíbulo, virou-se num movimento brusco, como um equilibrista na corda, e desapareceu na sala. Não vi naquilo a menor graça. Sentindo as pancadas fortes do meu coração, fechei a porta contra a chuva que recrudescia.

Durante meio minuto, não houve nenhum som. Então eu ouvi, vindos da sala, uma espécie de murmúrio ofegante e parte de uma risada, seguida pela voz de Daisy, límpida e artificial:

– Que enorme prazer ver você de novo!



Uma pausa, que durou horrivelmente. Eu não tinha nada para fazer no vestíbulo, e assim entrei na sala.

Gatsby, ainda com as mãos nos bolsos, recostara-se na lareira e se esforçava para simular uma perfeita calma, até mesmo tédio. Tinha a cabeça estendida para trás a ponto de se encostar no mostrador de um relógio parado, e dessa posição fixava em Daisy seu olhar perturbado. Ela estava sentada, assustada mas adorável, na beirada de uma cadeira dura.

– Já nos conhecemos – murmurou Gatsby. Seus olhos me fitaram por um momento, e ele entreabiu a boca em uma tentativa malsucedida de rir. Por sorte, o relógio escolheu esse momento para se inclinar perigosamente sob a pressão da sua cabeça, e ele então se virou para pegá-lo com dedos trêmulos, repondo-o no lugar. Depois se sentou, rígido, com o cotovelo no braço do sofá e o queixo apoiado na mão.

– Sinto muito pelo relógio – disse ele.

Meu rosto foi tomado por um intenso calor tropical. Não pude me lembrar de um mísero lugar-comum entre os milhares que tenho na cabeça.

– É um relógio velho – foi a frase idiota que lhes disse.

Acho que todos nós pensamos por um momento que ele havia se despedaçado no chão.

– Nós não nos vemos há muitos anos – disse Daisy num tom que não poderia ter sido mais banal.

– Em novembro fará cinco anos.



A rapidez e a precisão dessa resposta de Gatsby nos deixaram a todos suspensos por pelo menos um minuto. Os dois se levantaram quando, em desespero, lhes pedi uma ajuda na cozinha para o preparo do chá, mas então a finlandesa frenética o trouxe em uma bandeja.

Em meio à providencial confusão de xícaras e bolos, estabeleceu-se uma certa dignidade física. Gatsby tornou-se uma sombra, e com expressão tensa e triste olhava diligentemente ora para Daisy, ora para mim enquanto conversávamos. Contudo, como a calma não era um fim em si mesma, encontrei um pretexto no primeiro momento em que isso foi possível e me levantei.

– Aonde você está indo? – indagou Gatsby, subitamente alarmado.

– Volto já.

– Preciso falar com você sobre uma coisa antes que você saia.

Ele me seguiu nervoso pela cozinha, fechou a porta e murmurou, angustiado:

– Ah, meu Deus!

– Qual é o problema?

– Isso é um terrível engano – disse ele balançando a cabeça de um lado para outro –, um engano terrível, terrível.

– Você está constrangido, é só isso. – E com uma feliz inspiração, acrescentei: – A Daisy também está constrangida.

– Ela está constrangida? – repetiu ele incrédulo.

– Tanto quanto você.

– Fale mais baixo.

– Você está agindo como um garotinho – atropelei-o, impaciente. – E não é só isso; você está sendo indelicado. A Daisy está sentada lá, sozinha.



Ele levantou as mãos para me calar, olhou para mim com uma censura que nunca mais esqueci e, abrindo a porta cuidadosamente, entrou de novo na sala.

Fui para os fundos – exatamente como Gatsby, quando, meia hora antes, fizera seu circuito agitado pela casa – e corri até uma enorme árvore escura e nodosa cuja densa folhagem formava um tecido que barrava a chuva. Voltara a cair água a cântaros, e o meu gramado irregular, bem aparado pelo jardineiro de Gatsby, se enchera de pequenos pântanos lamacentos e charcos antediluvianos. Debaixo da árvore não me restava outra coisa para olhar senão a enorme casa de Gatsby, e assim fiquei ali durante meia hora olhando para ela, como Kant no campanário da sua igreja. A casa fora construída por um cervejeiro no início da mania das construções "de época", uma década atrás, e se dizia que ele tinha proposto pagar durante cinco anos os impostos de todos os vizinhos se estes concordassem em ter o teto forrado de palha. Eles não aceitaram a proposta, e talvez isso o tenha levado a desistir do seu plano de Estabelecer uma Família – ele começou imediatamente a declinar. Quando seus filhos venderam a casa, o festão negro ainda estava na porta. Os americanos, embora se dispunham a ser escravos – chegando até mesmo a ansiar por isso –, sempre foram inflexíveis na sua recusa a se tornarem camponeses.

Meia hora depois o sol voltou a brilhar, e o automóvel do merceeiro contornou a entrada da casa de Gatsby com a matéria-prima para o jantar dos empregados – me parecia fora de dúvida que ele não comeria nem mesmo uma colher. Uma criada começou a abrir as janelas do andar superior da casa, apareceu rapidamente em cada uma delas e, inclinada na grande porta-janela central, cuspiu meditativamente no jardim. Já estava na hora de voltar à minha sala. Embora a chuva persistisse, seu ruído era como as vozes murmurantes do casal, que a espaços se elevavam e modulavam ao sabor da emoção. Mas quando ela fez uma nova pausa, percebi que o interior da casa também estava em silêncio.



Entrei, mas não sem antes fazer todos os barulhos possíveis na cozinha, faltando apenas emborcar o fogão; contudo, não acho que eles tenham ouvido alguma coisa. Estavam sentados nas duas extremidades do sofá, olhando um para o outro como se uma pergunta tivesse sido feita ou pairasse no ar, e não havia mais nenhum vestígio de constrangimento. O rosto de Daisy tinha marcas de lágrimas, e ela se levantou de um salto quando entrei e começou a enxugá-lo com um lenço diante de um espelho. Mas havia em Gatsby uma mudança simplesmente pasmosa. Ele literalmente brilhava; mesmo sem uma palavra ou um gesto de alegria, um novo bem-estar irradiava dele e enchia a salinha.

– Ah, olá, meu velho – disse ele, como se não me visse havia anos. Por um momento achei que ele ia apertar minha mão.

– Parou de chover.

– Verdade? – Quando atinou com o sentido do meu comentário e viu que na sala raios de sol tilintavam como sininhos, ele sorriu com ares de meteorologista, como um empolgado protetor da luz que voltava, e repetiu a notícia para Daisy. – O que é que você me diz disso? Parou de chover.

– Estou contente, Jay. – Sua voz, plena de uma beleza dolorida, sofrida, comunicou apenas aquela alegria inesperada.



– Quero que vocês venham até a minha casa – disse ele. – Tenho de mostrá-la para os dois.

– Você quer mesmo que eu vá?

– Evidentemente, meu velho.

Daisy foi até o andar de cima para lavar o rosto – tarde demais, eu me lembrei humilhado das minhas toalhas –, enquanto Gatsby e eu esperávamos no gramado.

– Minha casa é bonita, não é? – indagou ele. – Veja como ela recebe luz em toda a extensão da fachada.

Concordei que a casa era esplêndida.

– É. – Seus olhos a percorreram inteira, passando por todas as portas arqueadas e todas as torres quadradas. – Levei exatamente três anos para ganhar o dinheiro que ela me custou.

– Achei que você tinha herdado o dinheiro.

– Sim, eu herdei, meu velho – disse ele sem hesitação –, mas perdi a maior parte no grande pânico, o pânico da guerra.

Acho que Gatsby mal sabia do que estava falando, porque quando lhe perguntei em que negócio ele trabalhava, sua resposta foi: "Isso é assunto meu", e só depois se deu conta de que fora descortês.

– Ah, andei fazendo muitas coisas – corrigiu-se ele. – Estive no negócio de remédios e depois passei para o ramo de gasolina. Mas agora não estou em nenhum deles. – Ele me olhou com mais atenção. – Quer dizer que você andou pensando no que eu lhe ofereci naquela noite?

Antes que eu pudesse responder, Daisy saiu da casa, e as



duas fileiras de botões de metal do seu vestido brilharam à luz do sol.

– Aquela casa enorme *ali*? – gritou ela apontando.

– Você gosta?

– Adoro, mas não imagino como é que você pode morar lá sozinho.

– Eu sempre a mantenho cheia de gente interessante, de noite e de dia. Gente que faz coisas interessantes. Pessoas famosas.

Em vez de pegar o atalho pelo estreito, tomamos a estrada e entramos pela grande porta lateral. Com adoráveis murmúrios, Daisy admirou um ou outro aspecto daquela silhueta feudal contra o céu, admirou os jardins, o odor vigoroso dos junquilhos, o espumante odor das flores do espinheiro e da ameixeira e o pálido odor dourado da madressilva. Era estranho chegar à escada de mármore e não encontrar do lado de dentro ou de fora da porta o movimento de vestidos brilhantes e não ouvir outro som além das vozes dos pássaros nas árvores.

E lá dentro, ao vagarmos pelas salas de música *à la* Maria Antonieta e pelos salões Restauração, senti que havia convidados ocultos atrás de cada sofá e de cada mesa, obedecendo a ordens de se manterem em silêncio e até mesmo de reterem a respiração durante a nossa passagem por ali. Quando Gatsby fechou a porta da "Biblioteca Merton College", eu poderia jurar que ouvira o homem dos olhos de coruja dar uma gargalhada fantasmagórica.

Passamos para o andar de cima, atravessando quartos com decoração de época envoltos em seda cor-de-rosa e lavanda e animados com flores frescas, quartos de vestir e salões de bilhar, e banheiros com banheiras embutidas no chão. Invadimos um cômodo em que um homem descabelado e de pijama estava deitado no piso, fazendo exercícios para o fígado. Era o sr. Klipspringer, o "hóspede", que eu havia visto vagando ansioso pela praia naquela manhã. Finalmente chegamos ao apartamento de Gatsby, um quarto, um banheiro e um escritório em estilo Adam, onde nos sentamos e tomamos uma taça de Chartreuse que ele pegou em um armário na parede.



Gatsby não havia tirado os olhos de Daisy nem por um segundo, e me parecia estar reavaliando tudo o que havia na casa de acordo com o tipo de reação provocada naqueles olhos tão amados. Às vezes relanceava os olhos pelos seus bens com um ar maravilhado, como se na presença viva e impressionante de

Daisy nada daquilo permanecesse real. Em um dado momento, quase rolou todo um lance de degraus.

Seu quarto era o mais simples de todos – a não ser pelo detalhe de um conjunto de toucador de puro ouro fosco que adornava a penteadeira. Encantada, Daisy pegou a escova e deslizou-a pelo cabelo, o que fez Gatsby sentar-se, cobrir os olhos e começar a rir.

– É muito engraçado, meu velho – disse ele divertido. – Eu não consigo... Quando eu tento...

Ele havia evidentemente passado por dois estados e agora entrava em um terceiro. Depois do constrangimento e da alegria despropositada, ele estava dominado pelo deslumbramento provocado pela presença de Daisy. A ideia lhe ocupara a mente por muito tempo; ele tinha sonhado com todos os detalhes, esperara de dentes cerrados, por assim dizer, em um nível de intensidade inconcebível. Agora reagia desmoronando, como um relógio que teve a corda exageradamente tensionada.



Mas em um minuto ele se recuperou, e então abriu dois enormes armários que guardavam uma profusão de ternos, roupões, gravatas e suas camisas, empilhadas de dez em dez como colunas de tijolos.

– Tenho um sujeito na Inglaterra que compra as minhas roupas. Ele me manda uma seleção de peças no início de cada estação, primavera e outono.

Tirou uma pilha de camisas e começou a atirá-las, uma a uma, diante de nós: camisas de puro linho, de seda encorpada e de flanela fina, que se desdobravam ao cair e cobriam a mesa com uma desordem multicolorida. Enquanto as admirávamos, ele trouxe outras, e a pilha macia e vistosa cresceu mais – camisas com listras, espirais e pregas, em coral, verde-maçã, lavanda e alaranjado-claro, que levavam seu monograma bordado em índigo. De repente, com um som tenso, Daisy enterrou a cabeça nas camisas e começou a chorar convulsamente.

– São tão lindas! – gemeu ela com a voz abafada pelas espessas camadas de tecidos. – Fico triste por não ter visto até hoje tão... tão lindas camisas como estas.



Depois da casa nós devíamos conhecer toda a área em torno dela, a piscina, o hidroavião e as flores de verão; mas do lado de fora da janela de Gatsby vimos que a chuva tinha voltado, e então ficamos um ao lado do outro olhando para a superfície enrugada do estreito.

– Se não fosse a neblina, daria para ver a sua casa do outro lado da baía – disse Gatsby. – Tem sempre uma luz verde acesa, durante toda a noite, na ponta do desembarcadouro.

Daisy enfiou abruptamente seu braço sob o de Gatsby, mas ele parecia absorto no que acabara de dizer. Possivelmente lhe passara pela cabeça que agora o imenso significado daquela luz desaparecera para sempre. Comparada com a enorme distância que o havia separado de Daisy, a luz havia parecido muito próxima dela, quase tocando-a. Tão próxima quanto uma estrela é próxima da lua. Agora era novamente uma luz verde em um desembarcadouro. A contagem de objetos encantados de Gatsby fora reduzida de um elemento.

Comecei a andar pelo quarto, examinando diversos objetos indefinidos na semiobscuridade. Fui atraído por uma grande foto pendurada na parede acima da sua escrivaninha, mostrando um homem mais velho com um traje de iatismo.

– Quem é ele?

– Esse aí? É o senhor Dan Cody, meu velho.

O nome me soou remotamente conhecido.

– Já morreu. Anos atrás, era o meu melhor amigo.

Havia sobre a cômoda uma foto pequena de Gatsby, também com um traje de iatismo – a cabeça jogada para trás, com um ar desafiador –, que aparentemente fora tirada quando ele tinha dezoito anos.



– Eu adoro! – exclamou Daisy. – O topete Pompadour! Você nunca me contou que tinha um topete Pompadour... nem um iate.

– Olhe isto aqui – disse Gatsby prontamente. – É uma porção de recortes... sobre você.

Ficaram a examiná-los juntos. Eu ia pedir para ver os rubis quando o telefone tocou e Gatsby pegou o fone.

– Sim... Bom, agora eu não posso falar... Não posso falar agora, meu velho... Eu disse uma cidade *pequena*... Ele deve saber o que é uma cidade pequena... Bom, ele não serve para nós, se acha que Detroit é uma cidade pequena...

Ele desligou o telefone.

– Venham aqui *rápido*! – gritou Daisy à janela.

A chuva ainda caía, mas para o ocidente o céu estava claro e havia sobre o mar um vagalhão cor-de-rosa e dourado de nuvens espumosas.

– Olhem isso – sussurrou ela, e logo depois: – Eu gostaria de pegar uma daquelas nuvens cor-de-rosa, pôr vocês dentro e depois empurrar os dois por aí.

Nesse momento tentei ir embora, mas eles não deixaram; talvez com a minha presença se sentissem mais tranquilamente sós.

– Já sei o que nós vamos fazer – disse Gatsby. – Vamos pedir para o Klipspringer tocar piano.

Ele saiu do quarto gritando "Ewing!", e depois de alguns minutos voltou acompanhado de um jovem ligeiramente acabado, com óculos de armação de tartaruga e cabelo louro e ralo, que se mostrava bastante constrangido. Estava agora decentemente vestido, usando uma "camisa esporte" aberta no pescoço, tênis e calça de brim de uma cor indefinida.



– Interrompemos o seu exercício? – indagou Daisy polidamente.

– Eu estava dormindo – gritou o sr. Klipspringer, embaraçado a ponto de não pensar no que dizia. – Ou melhor, *estive* dormindo. Depois me levantei...

– Klipspringer toca piano – disse Gatsby interrompendo-o. – Não toca, Ewing, meu velho?

– Eu não toco bem. Eu não... eu quase nem toco. Estou totalmente enferruj...

– Vamos lá para baixo – interrompeu Gatsby. Ele apertou um interruptor. As janelas cinza desapareceram quando a casa resplandeceu de luz.

Na sala de música, Gatsby ligou a lâmpada de um abajur ao lado do piano. Acendeu com um fósforo trêmulo o cigarro de Daisy e se sentou ao lado dela em um sofá na outra extremidade da sala, onde a única luz era a que o piso brilhante do vestíbulo projetava ali.

Ao terminar de tocar *The Love Nest*, Klipspringer se virou no banco e, com um ar infeliz, procurou Gatsby na escuridão.

– Estou totalmente enferrujado, como você vê. Eu lhe disse que não dava para tocar. Estou totalmente enferruj...

– Não fale tanto, meu velho – ordenou Gatsby. – Toque!



*De manhã*
*À noite*
*Não nos divertimos?**

Lá fora o vento assobiava alto e ouvia-se uma sucessão de remotos trovões no estreito. Todas as luzes já estavam acesas em West Egg; debaixo de chuva, os trens elétricos levavam passageiros que iam para casa, vindos de Nova York. Era a hora de uma profunda mudança humana, e a animação crescia no ar.

---

* No original: "*In the morning, / In the evening, / Ain't we got fun...*" (N. da T.)

*Uma coisa é certa e nada é mais certo:*
*Os ricos aumentam sua riqueza e os pobres aumentam sua... prole*
*Enquanto isso,*
*Nesse meio-tempo...**

Quando fui me despedir, vi que a expressão de aturdimento havia voltado ao rosto de Gatsby, como se ele estivesse perturbado por uma leve dúvida sobre o caráter da sua felicidade atual. Quase cinco anos! Deve ter havido momentos, até mesmo naquela tarde, em que Daisy ficou aquém dos seus sonhos – não por culpa dela, mas em razão da colossal vitalidade daquela ilusão, que excedera a sua pessoa, excedera tudo. Gatsby havia se lançado nela com uma paixão criadora, ampliando-a permanentemente, adornando-a com todas as plumas brilhantes que atravessavam o seu caminho. Nenhuma quantidade de fogo ou de frescor, por intenso que seja, é capaz de competir com o que um homem pode acumular em seu coração fantasmal.



Vendo que eu o observava, ele fez visivelmente um esforço para se recompor um pouco. Sua mão tomou a dela, e quando ela sussurrou alguma coisa no seu ouvido, ele a fitou em um arrebatamento de emoção. Acho que com seu calor flutuante,

* No original: "*One thing's sure and nothing's surer / The rich get richer and the poor get... children. / In the meantime,/ In between time...*" (N. da T.)

febril, aquela voz era o que mais o prendia, pois não tivera suas qualidades ampliadas pelo sonho – aquela voz era uma música imortal.

Eles haviam me esquecido, mas Daisy ergueu o olhar e acenou com a mão. Gatsby já não tinha absolutamente conhecimento da minha presença ali. Olhei de novo para eles e eles me olharam de volta, mas distantes, dominados por uma vida intensa. Então me retirei da sala e desci a escada de mármore sob a chuva, deixando-os ali, juntos.

# 6

Por essa época um jovem e ambicioso repórter nova-iorquino chegou certa manhã à porta da casa de Gatsby e lhe perguntou se ele tinha alguma coisa a dizer.

– Alguma coisa a dizer sobre o quê? – indagou Gatsby amavelmente.

– Ora... qualquer declaração que o senhor queira fazer.

Depois de confusos cinco minutos, ficou claro que na redação o homem havia ouvido o nome de Gatsby ligado a algo que ele não queria revelar ou não havia entendido completamente. Estava em seu dia de folga, e em uma louvável iniciativa, apressara-se a "ir ver".

Foi um tiro ao acaso, mas a intuição do repórter estava certa. A notoriedade de Gatsby, disseminada pelas centenas de pessoas que aceitavam sua hospitalidade e com isso se tornaram autoridades sobre o seu passado, havia aumentado durante o verão, e agora ele estava muito perto de passar a fazer parte do noticiário. Lendas que circulavam na época, como a do "oleoduto subterrâneo até o Canadá", ligavam-se a ele, e havia um rumor insistente de que ele não morava em uma casa, e sim em um barco que parecia uma casa e se deslocava secretamente para cima e para baixo na praia de Long Island. O motivo pelo qual essas invenções eram uma fonte de satisfação para James Gatz, de Dakota do Norte, não é fácil de expor.

James Gatz – era esse o seu nome real, ou pelo menos o seu nome legal. Ele o havia mudado aos dezessete anos, no momento em que vivia o início da sua carreira – quando viu o iate de Dan Cody lançar âncora no pântano mais insidioso do lago Superior. Era James Gatz que havia vagabundeado pela praia naquela tarde, vestindo uma camisa verde de jérsei rasgada e uma calça de brim, mas foi Jay Gatsby que tomou emprestado um barco, remou até o *Tuolomee* e informou a Cody que um vento poderia pegá-lo e parti-lo ao meio em trinta minutos.



Provavelmente ele já tinha o nome pronto havia muito tempo quando isso aconteceu. Seus pais eram lavradores incapazes e malsucedidos – sua imaginação jamais os aceitou de fato como pais. A verdade é que Jay Gatsby de West Egg, em Long Island, brotou da sua concepção platônica de si mesmo. Ele era um filho de Deus – uma frase que, se significa alguma coisa, significa exatamente isso –, e precisava tratar das questões do Seu Pai, o culto a uma beleza vasta, vulgar e espalhafatosa. Assim, inventou o tipo de Jay Gatsby que um rapaz de dezessete anos estaria inclinado a inventar e foi fiel à sua concepção até o fim.

Durante mais de um ano ele havia percorrido a margem meridional do lago Superior como catador de mariscos e pescador de salmão, ou em outra atividade que lhe desse cama e comida. Seu corpo bronzeado e forte executava sem esforço o trabalho bárbaro e ao mesmo tempo indolente daqueles tempos de formação. Conheceu cedo as mulheres, e, porque elas sempre o mimavam, passou a desprezá-las: às jovens virgens por serem ignorantes e às outras por serem histéricas com relação a coisas a que, em seu descomunal egocentrismo, ele não dava importância.

Mas seu coração estava constantemente em tumulto. As mais absurdas e fantásticas extravagâncias o perseguiam na cama, à noite. Um universo de inefável ostentação se tecia incessantemente em seu cérebro enquanto o relógio tiquetaqueava no lavatório e a lua inundava com uma luz úmida as roupas jogadas no chão. Toda noite ele enriquecia o feitio das suas fantasias até o sono encerrar com um desatento abraço alguma cena vívida. Durante algum tempo esses devaneios deram vazão a sua imaginação; eram um convincente indício da irrealidade da realidade, um sinal de que a rocha do mundo repousava em segurança sobre a asa de uma fada.

Uma intuição quanto à sua glória futura o havia guiado alguns meses antes até o pequeno Colégio Luterano de St. Olaf, no sul de Minnesota. Ele permaneceu ali por duas semanas, desalentado com a feroz indiferença daquele ambiente para com os tambores do seu destino, para com o destino em si, e desprezando o trabalho de porteiro com que pagaria seus estudos. Então ele voltou para o lago Superior, e ainda estava procurando algo para fazer quando o iate de Dan Cody lançou sua âncora nos baixios perto da margem.

Àquela altura Cody estava com cinquenta anos, um produto dos campos de prata de Nevada, das margens do rio Yukon, de todas as corridas do metal de 1875. Na época das transações com cobre em Montana que o fizeram multimilionário ele era fisicamente robusto, mas já estava no limite da sanidade mental, e, percebendo isso, algumas mulheres tentavam separá-lo do seu dinheiro. Em 1902 os caminhos nada perfumados pelos quais Ella Kaye, a jornalista, agiu como Madame de Maintenon, aproveitando-se do estado dele e mandando-o para o mar em um iate, eram do conhecimento de todos no jornalismo bombástico. Ele já havia costeado durante cinco anos todas as praias hospitaleiras quando se apresentou como o destino de James Gatz na baía de Little Girl.

Para o jovem Gatz, que, descansando apoiado nos remos, ergueu o olhar para a amurada do convés, aquele iate representava toda a beleza c todo o glamour do mundo. Imagino que ele tenha sorrido para Cody – provavelmente já descobrira que as pessoas gostavam quando ele sorria. De qualquer forma, Cody lhe fez algumas perguntas (uma delas suscitou a apresentação do seu nome novinho em folha) e descobriu que ele era inteligente e extremamente ambicioso. Alguns dias depois levou-o para Duluth e lhe comprou um paletó azul, seis pares de calças de brim branco e um boné de iatista. E quando o *Tuolomee* partiu para as Antilhas e Barbary Coast, Gatsby estava a bordo.

Foi contratado com atribuições bastante imprecisas – enquanto permaneceu com Cody foi comissário de bordo, imediato, capitão, secretário e até mesmo carcereiro, pois Dan Cody sóbrio sabia dos atos generosos que Dan Cody bêbado se dispunha prontamente a praticar e se precavia contra essas eventualidades depositando cada vez mais confiança em Gatsby. O arranjo durou cinco anos, durante os quais o iate contornou três vezes o continente. Teria durado indefinidamente, mas certa noite Ella Kaye subiu a bordo em Boston, e uma semana depois Dan Cody morreu em condições inóspitas.

Lembro-me do retrato dele no quarto de Gatsby: um homem grisalho, com um desagradável rosto congestionado e sem expressão – o pioneiro corrupto que durante uma certa fase da vida americana levara para a costa leste a violência selvagem dos bordéis e dos *saloons* das regiões recém-colonizadas. Devia-se indiretamente a Cody o fato de Gatsby beber tão pouco. Nas suas festas frenéticas, as mulheres às vezes lhe esfregavam champanhe no cabelo; ele tinha criado o hábito de guardar distância das bebidas.



E foi de Cody que Gatsby herdou dinheiro – um legado de vinte e cinco mil dólares. Ele não tocou nesse dinheiro. Nunca soube que dispositivo legal usaram, mas o que sobrou dos milhões foi intacto para Ella Kaye. Ele ficou com a sua educação singularmente adequada; o vago contorno de Jay Gatsby havia sido preenchido com a substancialidade de um homem.

Gatsby me contou essas coisas muito tempo depois, mas eu as relato agora com a ideia de liquidar aqueles primeiros rumores extravagantes e sem qualquer fundamento sobre os seus antecedentes. De mais a mais, ele me fez essas confidências em um momento confuso, quando eu havia chegado ao ponto de acreditar em tudo e em nada do que dissessem sobre ele. Assim, aproveito essa pequena pausa, enquanto Gatsby, por assim dizer, tomava fôlego, para esclarecer essa série de ideias erradas.

Foi também uma pausa na minha ligação com os problemas dele. Por algumas semanas eu não o vi nem ouvi sua voz ao telefone – estava em Nova York a maior parte do tempo, correndo de um lado para outro com Jordan e tentando cair nas graças da sua velha tia –, mas finalmente fui à casa dele em uma tarde de domingo. Estava lá havia menos de cinco minutos quando alguém chegou trazendo Tom Buchanan para um drinque. Fiquei assustado, claro, mas na verdade era surpreendente que aquilo não tivesse ainda acontecido.



O grupo se compunha de três pessoas a cavalo: Tom, um homem chamado Sloane e uma mulher linda em um traje de montaria marrom, que já estivera lá antes.

– É um prazer vê-los – disse Gatsby de pé no alpendre. – Que ótimo vocês terem aparecido!

Como se aquilo fosse importante para eles!

– Sentem-se. Peguem um cigarro ou um charuto. – Ele atravessou a sala rapidamente e apertou campainhas. – Vou providenciar bebidas para vocês em um minuto.

Gatsby ficou profundamente desconcertado com a presença de Tom ali. Mas estaria pouco à vontade, de qualquer forma, enquanto não lhes tivesse servido qualquer coisa, percebendo vagamente que era somente para serem servidos que eles tinham ido até sua casa. O sr. Sloane não quis nada. Uma limonada? Não, obrigado. Um pouco de champanhe? Nada mesmo, obrigado... Sinto muito.

– Fizeram uma boa cavalgada?

– As estradas por aqui são muito boas.

– Imagino que os automóveis...

– É.

Levado por um impulso irresistível, Gatsby voltou-se para Tom, que havia aceitado a apresentação como um estranho.

– Acho que nós já nos encontramos em algum lugar, senhor Buchanan.

– Ah, sim – disse Tom, educado mas seco, e obviamente sem se recordar. – Ah, sim, eu me lembro muito bem.



– Umas duas semanas atrás.

– Isso. Você estava com o Nick.

– Eu conheço a sua mulher – prosseguiu Gatsby quase agressivo.

– Verdade?

Tom virou-se para mim.

– Você mora por aqui, Nick?

– Ali ao lado.

– Ah, é?

O sr. Sloane não entrou na conversa, mas recostou-se arrogantemente na cadeira; a mulher nada disse, tampouco, até que inesperadamente, depois de dois uísques com soda, se tornou cordial.

– Todos nós viremos à sua próxima festa, senhor Gatsby – propôs ela. – O que o senhor acha?

– Claro, eu ficaria encantado em recebê-los.

– Muito gentil – disse o sr. Sloane em um tom que não denotava nenhuma gratidão. – Bom, hora de ir embora.

– Por favor, não se apressem – protestou Gatsby. Ele agora havia se controlado e queria estar mais com Tom. – Por que vocês... por que vocês não ficam para o jantar? Eu não me surpreenderia se outras pessoas chegassem de Nova York.

– Vocês vão jantar *comigo*, na minha casa – convidou entusiasmada a mulher. – Os dois.

Isso me incluía. O sr. Sloane se levantou.

– Vamos – disse ele, dirigindo-se apenas à mulher.

– Estou falando sério – reforçou ela. – Eu adoraria receber vocês. Tenho muito espaço.



Gatsby me dirigiu um olhar inquisitivo. Queria ir e não havia percebido que o sr. Sloane entrara em desacordo com a mulher quanto ao convite.

– Acho que não vou poder ir – disse eu.

– Bom, então o senhor vem – insistiu ela, olhando para Gatsby.

O sr. Sloane murmurou alguma coisa no ouvido dela.

– Não vamos nos atrasar se sairmos agora – argumentou ela em voz alta.

– Eu não tenho cavalo – disse Gatsby. – No exército eu cavalgava, mas nunca cheguei a comprar um cavalo. Vou ter de seguir vocês no meu carro. Peço licença por um minuto.

Saímos do alpendre, onde Sloane e a mulher começaram a conversar à parte em um tom exaltado.

– Meu Deus, acho que o sujeito vem – disse Tom. – Ele não percebe que ela não quer isso?

– Mas ela disse que quer que ele vá.

– Ela tem um grande jantar de gala hoje, e ele não conhece ninguém lá. – Tom franziu o cenho. – Me pergunto em que diabo de lugar ele conheceu a Daisy. Meu Deus, eu posso ter ideias antiquadas, mas para o meu gosto a liberdade que as mulheres têm hoje em dia é exagerada. Elas conhecem todo tipo de malucos.

De repente o sr. Sloane e a mulher desceram a escada e montaram nos cavalos.

– Venha – disse o sr. Sloane para Tom –, estamos atrasados. Precisamos ir. – E dirigindo-se a mim: – Diga para ele, por favor, que nós não podíamos esperar.



Tom e eu trocamos um aperto de mão, eu troquei com os demais um frio aceno de cabeça e eles trotaram rapidamente pelo caminho de entrada, desaparecendo sob a vegetação de agosto ao mesmo tempo que Gatsby, com chapéu e um paletó leve na mão, transpunha a porta dianteira.

Tom tinha ficado visivelmente perturbado com o fato de Daisy estar saindo sozinha, pois no sábado seguinte a acompanhou à noite até a festa de Gatsby. Talvez a sua presença tenha dado à noite a opressividade que se podia sentir no ar – na minha memória essa atmosfera diferencia aquela festa das outras ocorridas naquele verão. As pessoas eram as mesmas, ou pelo menos era o mesmo tipo de pessoas, a mesma profusão de champanhe, a mesma agitação com cores e sons múltiplos, mas eu senti no ar algo desagradável, uma aspereza infiltrando-se por toda parte, coisa que jamais havia sentido antes. Ou talvez eu apenas tivesse me acostumado àquilo, talvez tivesse passado a aceitar West Egg como um mundo completo em si mesmo, com seus padrões próprios e suas próprias personalidades magníficas, que não era inferior a nada porque não tinha consciência de ser assim, e agora eu estava olhando para ele novamente, através dos olhos de Daisy. É sempre entristecedor olhar através de outros olhos para coisas em relação às quais já despendemos a nossa capacidade de adaptação.

Eles chegaram no crepúsculo, e, enquanto avançávamos entre a multidão cintilante, a voz de Daisy executava prestidigitações murmurantes.



– Essas coisas me deixam *tão* entusiasmada! – murmurou ela. – Se a qualquer momento durante a noite você quiser me beijar, Nick, simplesmente me diga. Vou ter prazer em providenciar isso para você. É só dizer o meu nome. Ou então mostre um cartão verde. Estou distribuindo cartões...

– Olhe à sua volta – sugeriu Gatsby.

– Estou olhando à minha volta. E achando maravilhoso...

– Você vai ver muita gente de quem já ouviu falar.

Os olhos arrogantes de Tom vagaram pela multidão.

– Nós não saímos muito – disse Tom. – Na verdade, eu estava acabando de concluir que não conheço ninguém aqui.

– Talvez você conheça aquela senhora. – Gatsby indicou uma mulher magnífica, uma orquídea que a custo se diria humana, sentada majestosamente sob uma ameixeira branca. Tom e Daisy a olharam com aquela peculiar sensação irreal que acompanha o reconhecimento de uma celebridade cinematográfica que até então era um fantasma.

– Ela é encantadora – disse Daisy.

– O homem que está inclinado sobre ela é o seu diretor.

Gatsby os levou cerimoniosamente de um grupo para outro:

– Senhora Buchanan... e o senhor Buchanan. – Depois de hesitar por um instante, ele acrescentou: – O jogador de polo.

– Ah, não – protestou Tom rapidamente –, eu não.

Mas obviamente o som dessas palavras agradou a Gatsby, pois pelo resto da noite Tom foi "o jogador de polo".

– Nunca vi tantas celebridades – exclamou Daisy. – Gostei daquele homem... como é mesmo o nome dele?... aquele do nariz meio azulado.



Gatsby o identificou, acrescentando que era um produtor sem grande importância.

– Bom, de qualquer forma eu gostei dele.

– Eu preferiria não ser o jogador de polo – disse Tom amavelmente. – Preferiria olhar para todas essas pessoas famosas como... no anonimato.

Daisy e Gatsby foram dançar. Eu nunca o havia visto dançando, e me lembro de me surpreender com o seu *fox-trot* elegante e conservador. Depois eles foram passeando até a minha casa e se sentaram nos degraus da entrada por uma meia hora, durante a qual fiquei de sentinela no jardim, a pedido de Daisy.

– Para o caso de haver um incêndio ou uma inundação – explicou ela –, ou algum ato da Providência Divina.

Tom ressurgiu do seu esquecimento quando estávamos sentados juntos para jantar. – Você se importa se eu jantar com umas pessoas que estão naquela mesa ali? – indagou ele. – Tem um sujeito contando uns casos engraçados.

– Vá em frente – respondeu Daisy em um tom alegre –, e se quiser anotar endereços, use a minha canetinha de ouro. – Passado um momento ela olhou em volta e me disse que a moça era "comum, mas bonita", e então eu vi que, com exceção da meia hora em que ficara sozinha com Gatsby, ela não estava gostando da festa.

Estávamos em uma mesa particularmente embriagada. A culpa disso era minha: Gatsby fora chamado ao telefone, e apenas duas semanas antes eu tinha achado engraçadas aquelas pessoas. Mas o que então me divertira agora viciava o ar.



– Como está se sentindo, senhorita Baedeker?

A moça em questão tentava, sem sucesso, desabar no meu ombro. Ao ouvir essa pergunta, endireitou-se na cadeira e abriu os olhos.

– O quê?

Uma mulher grande e letárgica, que estivera insistindo com Daisy para no dia seguinte jogar golfe com ela no clube local, defendeu a srta. Baedeker:

– Ah, agora ela está bem. Quando toma cinco ou seis coquetéis ela sempre começa a gritar daquele jeito. Ela não devia beber, eu sempre lhe digo isso.

– Mas eu não bebo – afirmou ela sem convicção.

– Nós ouvimos você gritar, e então eu disse aqui para o doutor Civet: "Tem alguém precisando da sua ajuda, doutor".

– Ela lhe deve esse favor – observou sem gratidão uma outra amiga –, mas o senhor molhou todo o vestido dela quando enfiou a cabeça dela na piscina.

– Se tem uma coisa que eu odeio é que me enfiem a cabeça em uma piscina – resmungou a srta. Baedeker. – Uma vez eles quase me afogaram em New Jersey.

– Então você não deve beber – contrapôs o dr. Civet.

– Olhem quem está falando! – gritou furiosa a srta. Baedeker. – A sua mão treme. Eu não deixaria o senhor me operar!

O tom era esse. Uma das últimas coisas de que me lembro é de ficar com Daisy observando o diretor de cinema e a estrela. Eles ainda estavam sob a ameixeira branca, e seus rostos só não se tocavam porque havia entre eles um raio de luar pálido e fino. Ocorreu-me que para atingir aquela proximidade ele teria vindo se inclinando lentamente na direção dela durante toda a noite, e enquanto os observava eu o vi aproximar-se um último grau e beijá-la na face.



– Gosto dela – disse Daisy. – Eu a acho encantadora.

Mas o resto das pessoas lhe desagradava – e isso era algo que não podia ser discutido, porque não se tratava de uma atitude, e sim de uma emoção. Ela estava horrorizada com West Egg, esse "local" sem precedentes que a Broadway havia criado em uma aldeia de pescadores de Long Island –, horrorizada com a sua vitalidade grosseira, que exasperava sob os eufemismos surrados, e com o destino demasiado intrometido que por um atalho ia guiando seus habitantes do nada para o nada. A própria sinceridade, que ela não chegava a entender, lhe parecia horrível.

Enquanto o carro não chegava, sentei-me com eles na escada da frente da casa. Estava escuro ali; apenas a porta iluminada projetava um metro quadrado de luz que se lançava na suave madrugada negra. Às vezes uma sombra se movia atrás da persiana de um quarto de vestir do andar de cima, depois dava lugar a outra sombra, uma procissão indefinida de sombras que passavam ruge e pó compacto diante de um espelho invisível.

– Quem é esse Gatsby, afinal? – indagou Tom subitamente. – Um grande contrabandista de bebidas?

– Onde foi que você ouviu isso? – perguntei.

– Eu não ouvi. Imaginei. Muitos desses novos-ricos não passam de grandes contrabandistas de bebida, você sabe disso.

– Não o Gatsby – disse eu laconicamente.



Ele ficou em silêncio por algum tempo. O cascalho da entrada de carros estalava sob seus pés.

– Bom, ele certamente deve ter se empenhado muito para reunir todo esse zoológico.

Uma brisa ondulou a névoa cinzenta da gola de pele de Daisy.

– Pelo menos eles são mais interessantes que os nossos conhecidos – disse ela com esforço.

– Você não parecia estar tão interessada.

– Mas estava.

Tom riu e se virou para mim.

– Você observou a cara da Daisy quando aquela moça lhe pediu para colocá-la debaixo de um chuveiro de água fria?

Daisy começou a cantar junto com a música em um murmúrio rouco, rítmico, dando a cada palavra um sentido que ela nunca havia tido e talvez não voltasse a ter. Quando a melodia ficava mais aguda, sua voz, ao segui-la, se quebrava com doçura como fazem os contraltos, e a cada mudança o ar ganhava um pouco da sua calorosa magia humana.

– Muita gente vem sem ter sido convidada – disse ela de repente. – Aquela moça não foi convidada. Eles simplesmente forçam a situação para entrar, e o Gatsby é educado demais para se opor.

– Eu gostaria de saber quem é ele e o que é que ele faz – insistiu Tom. – E vou fazer questão de descobrir isso.

– Eu posso lhe dizer isso agora – respondeu ela. – Ele tinha algumas *drugstores*, uma porção de *drugstores*. Ele próprio as abriu.

A lenta limusine veio subindo pela entrada de carros.

– Boa noite, Nick – disse Daisy.

Seu olhar me deixou e buscou o topo iluminado da escada, onde *Three o'Clock in the Morning*, uma agradável e triste valsinha daquele ano, fluía pela porta aberta. Afinal de contas, até na falta de compostura da festa de Gatsby havia possibilidades românticas totalmente ausentes do seu mundo. O que havia na música que parecia chamá-la de volta para aquela casa? O que iria acontecer agora nas horas escuras, insondáveis? Talvez alguma convidada fascinante ainda estivesse por chegar, uma pessoa infinitamente rara e que deixaria a todos maravilhados, uma jovem genuinamente radiante que com um olhar diferente para Gatsby, em um momento de encontro mágico, apagaria aqueles cinco anos de dedicação inabalável.



Fiquei fora de casa até bem tarde. Gatsby me pediu que não fosse embora antes de ele estar livre, e eu me pus a dar voltas no jardim até que o indefectível grupo de banhistas, transidos de frio e exaltados, voltou da praia escura, até as luzes se apagarem nos quartos de hóspedes do andar de cima. Quando ele finalmente desceu a escada, a pele bronzeada do seu rosto parecia mais esticada que de hábito, e seus olhos estavam cansados.

– Ela não gostou – comentou ele imediatamente.

– Claro que gostou.

– Ela não gostou – insistiu ele. – Não se divertiu.

Ele ficou em silêncio, e eu avaliei a sua inexprimível depressão.

– Eu me sinto distante dela – disse ele. – É difícil fazer com que ela entenda.

– Você está se referindo à dança?

– A dança? – Ele afastou com um gesto de mão todas as suas danças. – Meu velho, a dança não é importante.



O que ele queria de Daisy era nada menos do que ela dizer a Tom: "Eu nunca amei você". Depois de ter com essa frase apagado quatro anos, eles poderiam resolver as medidas mais práticas a tomar. Uma delas era que, uma vez livre, ela voltaria com ele para Louisville e os dois se casariam na casa dela – exatamente como se o fato estivesse acontecendo cinco anos antes.

– E ela não entende – disse ele. – Antes ela entendia. Nós nos sentávamos durante horas...

Ele se interrompeu e começou a andar para cima e para baixo em um desolado caminho de cascas de frutas, mimos desprezados e flores esmagadas.

– Eu não pediria tanto a ela – arrisquei. – Não se pode repetir o passado.

– Não se pode repetir o passado? – gritou ele, incrédulo. – Claro que se pode!

Ele olhou em volta agitado, como se o passado estivesse espreitando ali à sombra da casa, fora do alcance da sua mão.

– Vou fazer com que tudo fique exatamente como era antes – disse ele meneando a cabeça com determinação. – Ela vai ver.

Gatsby falou muito sobre o passado, levando-me a depreender que ele queria recuperar algo, talvez uma ideia de si mesmo que se perdera quando ele se apaixonara por Daisy. Sua vida havia ficado confusa e desordenada desde então, mas se ele pudesse voltar ao ponto de partida e percorrê-lo muito lentamente, seria capaz de descobrir o que era essa coisa...

... Em uma noite de outono, cinco anos antes, eles tinham caminhado pela rua entre as folhas que caíam e chegaram a um lugar sem árvores e iluminado pelo luar. Pararam ali e se voltaram um para o outro. O ar estava fresco e com aquela misteriosa vibração que se sente à noite nas mudanças de estação, duas vezes por ano. As luzes imóveis das casas murmuravam ali na escuridão da rua, e havia tumulto e atropelo entre as estrelas. Pelo canto do olho Gatsby viu que os blocos da calçada formavam na verdade uma escada e subiam até um lugar secreto sobre as árvores – ele poderia subir até lá, se fosse sozinho, e chegando lá sugaria a seiva da vida, beberia o incomparável leite do encantamento.

Seu coração se acelerou quando o rosto alvo de Daisy se aproximou do seu. Ele sabia que quando a beijasse e para sempre unisse às suas visões inexprimíveis o hálito perecível daquela moça, sua mente nunca mais voltaria a fazer travessuras, como a mente de Deus. Assim, ele esperou, atento por mais um momento ao diapasão que soara contra uma estrela. Então a beijou. Ao toque dos seus lábios ela desabrochou para ele como uma flor, e a encarnação se completou.

Tudo o que ele disse, até mesmo o seu terrível sentimentalismo, me fez lembrar algo – um ritmo esquivo, um fragmento de palavras perdidas que eu tinha ouvido em algum lugar muito tempo antes. Por um momento uma frase tentou se formar na minha boca, e meus lábios permaneceram entreabertos, como os de alguém ligeiramente surpreso ou chocado. Mas eles não emitiram nenhum som, e aquilo que eu quase consegui recordar se tornou incomunicável para sempre.

# 7

Quando a curiosidade com relação a Gatsby estava no auge, em uma noite de sábado as luzes da casa deixaram de se acender – e, do mesmo modo obscuro como havia começado, sua carreira de Trimalquião se encerrou. Só aos poucos me dei conta de que os automóveis cheios de expectativa que faziam a curva para entrar no caminho de veículos ficavam parados durante um minuto e depois se afastavam, mal-humorados. Imaginando que ele poderia estar doente, fui até lá para saber. Sem avançar além da porta, um mordomo desconhecido que tinha uma cara de mau me olhou de viés, desconfiado.

– O senhor Gatsby está doente?

– Não. – Depois de uma pausa ele resmungou um arrastado "senhor".

– Eu não o vejo há algum tempo e fiquei meio preocupado. Diga a ele que o senhor Carraway esteve aqui.

– Quem? – indagou ele grosseiramente.

– Carraway.

– Carraway. Tudo bem. Eu digo.

E bateu a porta abruptamente.

Minha finlandesa me informou que na semana anterior Gatsby havia demitido todos os empregados da casa e os substituíra por meia dúzia de outros, que nunca tinham ido ao povoado de West Egg para ser subornados pelos comerciantes; em vez disso eles pediam pelo telefone quantidades moderadas de mercadorias. O rapaz da mercearia comentou que a cozinha parecia um chiqueiro, e a opinião geral da aldeia era que os novos empregados nunca haviam trabalhado como criados domésticos.

No dia seguinte Gatsby me ligou.

– Você está indo embora? – perguntei.



– Não, meu velho.

– Soube que você demitiu os criados antigos.

– Eu queria gente que não fizesse mexericos. Daisy tem vindo aqui com muita frequência, à tarde.

Assim, a um olhar de desaprovação dela o pouso de caravanas havia desabado totalmente, como um castelo de cartas.

– São pessoas que Wolfshiem queria ajudar. Todos são irmãos. Eles tinham um hotelzinho.

– Ah, sim.

Ele estava ligando a pedido de Daisy – eu não estaria livre para ir almoçar na casa dela no dia seguinte? A srta. Baker estaria lá. Meia hora depois a própria Daisy me ligou e pareceu aliviada ao saber que eu ia. Alguma coisa estava por acontecer. Mas eu não podia acreditar que eles iam escolher aquela ocasião para fazer uma cena – especialmente a cena tão angustiante que Gatsby havia esboçado no jardim.

O dia seguinte foi escaldante; era um dos últimos dias de verão, e certamente o mais quente. Quando meu trem saiu do túnel para a luz do sol, apenas as sirenes infernais da National Biscuit Company quebravam o silêncio escaldante do meio-dia. Os assentos de palha do vagão se aproximavam do ponto de combustão; a mulher que estava ao meu lado, transpirando levemente na blusa branca e com o jornal umedecendo sob seus dedos, esmoreceu com o calor intenso e deixou escapar uma exclamação desolada. Sua carteira caiu no chão.

– Ah, Deus do céu! – disse ela com voz entrecortada.

Inclinei-me, cansado, peguei a carteira e a entreguei à mulher, segurando-a por uma borda e mantendo-a bem longe de mim para indicar que não tinha nenhuma intenção quanto a ela – mas mesmo assim quem estava por perto, inclusive a mulher, desconfiou de mim.



– Que calor! – disse o cobrador aos passageiros que conhecia. – Que tempo!... Calor!... Calor!... Calor!... O senhor não acha que está quente demais? Está quente! Não está...?

Minha passagem me foi devolvida com uma mancha escura da sua mão. Quem iria querer saber naquele calor que lábios vermelhos ele beijava, que cabeça fazia umedecer o bolso do pijama sobre o seu coração!

... Um vento fraco soprou pelo vestíbulo da casa dos Buchanan e levou para fora, até Gatsby e mim, que esperávamos na porta, o som da campainha do telefone.

– O corpo do patrão? – urrou o mordomo no bocal. – Sinto, madame, mas não podemos fornecê-lo. Está quente demais para poder ser tocado esta tarde!

Na verdade suas palavras foram: – Sim... Sim... Vou ver.

Ele pôs o telefone no gancho e veio na nossa direção, com a pele ligeiramente brilhante, para pegar nossos rígidos chapéus de palha.

– *Madame* espera os senhores no salão! – anunciou ele, indicando desnecessariamente a direção. Naquele calor, qualquer gesto supérfluo era uma afronta às reservas comuns de vida.

A sala, sombreada por toldos, estava escura e fresca. Daisy e Jordan tinham se deitado em um sofá enorme, como ídolos de prata, e continham os vestidos brancos que esvoaçavam à brisa cantante dos ventiladores.



– Não podemos nos mexer – disseram as duas juntas.

Os dedos de Jordan, com um pó branco sobre o bronzeado, pousaram por um momento sobre os meus.

– E o sr. Thomas Buchanan, o atleta? – indaguei.

Nesse mesmo instante ouvi a voz dele, ríspida, abafada, rouca, ao telefone do vestíbulo.

Gatsby estava de pé no centro do tapete carmesim e olhava em volta com olhos encantados. Daisy o observava com aquele riso delicioso, fascinante; levantou-se do seu peito uma minúscula nuvem de pó.

– Corre o boato – sussurrou Jordan – de que quem está ao telefone é a amante do Tom.

Estávamos em silêncio. A voz no vestíbulo ficou mais alta, denotando irritação: – Muito bem, então eu não vou lhe vender o carro, absolutamente... Não tenho nenhuma obrigação com você, absolutamente... e quanto a você me incomodar com essa história na hora do almoço, eu não vou tolerar isso, absolutamente!

– Tampando o bocal do telefone – disse Daisy com cinismo.

– Não, não é nada disso – eu lhe garanti. – É um negócio de boa-fé. Eu sei disso por acaso.

Tom escancarou a porta, por um instante ocupou todo o vão com o corpanzil e depois entrou precipitadamente na sala.

– Senhor Gatsby! – Ele estendeu a mão larga e espalmada, disfarçando bem o seu desagrado. – Prazer em vê-lo... Nick...

– Prepare uma bebida gelada para nós – gritou Daisy.

Quando ele saiu novamente da sala, ela se levantou, foi até Gatsby, ergueu o rosto dele e o beijou na boca.



– Você sabe que eu amo você – murmurou ela.

– Você esquece que há uma dama presente – disse Jordan.

Daisy olhou em volta ambiguamente.

– Beije Nick também.

– Que mulher baixa, vulgar!

– Eu não me importo! – gritou Daisy, e começou a dançar diante da lareira de tijolos. Então se lembrou do calor e, culpada, sentou-se no sofá no instante em que entrava na sala uma babá, de roupa impecavelmente passada, com uma garotinha pela mão.

– Meu an-jo a-do-ra-do! – cantarolou ela estendendo os braços. – Venha para a sua mãe que ama você.

A menina, liberada pela babá, correu pela sala e se aninhou timidamente no vestido da mãe.

– Meu an-jo a-do-ra-do! A mamãe pôs pó no seu cabelo loiro? Fique de pé agora e diga: Como vão?

Gatsby e depois eu nos abaixamos e pegamos a mãozinha relutante. Ele ficou um tempo olhando surpreso para a criança. Acho que até aquele momento ele não acreditava de fato na existência da filha de Daisy.

– Eu me vesti antes do almoço – disse a garotinha, virando-se ansiosa para Daisy.

– Porque a sua mãe queria mostrar você. – Ela abaixou o rosto até tocar a ruga do pescocinho branco da filha. – Um sonho, é o que você é. Um sonho pequenininho e perfeito.



– É – admitiu calmamente a menina. – A tia Jordan também está de vestido branco.

– O que você acha dos amigos da mamãe? – Daisy virou a cabecinha dela, fazendo-a voltar-se para Gatsby. – Você acha que eles são bonitos?

– Cadê o papai?

– Ela não se parece com o pai – comentou Daisy. – Ela se parece comigo. Tem o meu cabelo e o meu formato de rosto.

Daisy reclinou-se no sofá. A babá deu um passo à frente e estendeu a mão.

– Vamos, Pammy.

– Até logo, meu amor!

Olhando relutantemente para trás, a criança disciplinada tomou a mão da babá e foi levada, saindo da sala no momento em que Tom voltava trazendo quatro *gin fizz* com cubos de gelo tilintantes.

Gatsby pegou a sua bebida.

– Parece bem gelado – disse ele com evidente tensão.

Bebemos em grandes goles vorazes.

– Li em algum lugar que a cada ano o Sol está ficando mais quente – comentou Tom animadamente. – Parece que não vai demorar muito para a Terra cair dentro do Sol... ou, esperem um pouquinho... é exatamente o oposto: o Sol está ficando mais frio a cada ano.

– Vamos lá fora – sugeriu ele para Gatsby; – quero que você dê uma olhada na vista.

Fui com eles até a varanda. Nas águas verdes do estreito, estagnadas no calor, um veleiro pequeno se arrastava lentamente em direção à frescura do mar. Gatsby o seguiu com os olhos por um momento, depois levantou a mão e apontou para o outro lado da baía.



– Eu estou exatamente em frente de vocês.

– Está, sim.

Nossos olhos se ergueram para os canteiros de rosas, o gramado quente e a praia, ao longo da qual se via, entremeado de ervas, o lixo daqueles dias quentes. As asas brancas do barco se moviam lentamente contra o limite azul do céu. Mais adiante se estendiam o oceano recortado e a infinidade de ilhas abençoadas.

– Aquilo é que é um esporte para valer – disse Tom meneando a cabeça. – Eu gostaria de velejar com ele por mais ou menos uma hora.

Almoçamos na sala de jantar, também obscurecida para amenizar o calor, e junto com a cerveja gelada bebemos uma alegria nervosa.

– O que é que nós vamos fazer de nós esta tarde? – bradou Daisy. – E amanhã, e nos próximos trinta anos?

– Não seja mórbida – disse Jordan. – A vida vai começar de novo no outono, quando o tempo ficar mais razoável.

– Mas está tão quente – insistiu Daisy à beira das lágrimas –, e tudo está tão confuso! Vamos todos para a cidade.

Sua voz lutava com o calor, chocando-se com ele, moldando em formas a sua insensatez.

– Já ouvi falar na transformação de um estábulo em garagem – disse Tom para Gatsby –, mas sou o primeiro a fazer de uma garagem um estábulo.



– Quem quer ir para a cidade? – perguntou Daisy insistentemente. Os olhos de Gatsby correram para ela. – Ah! – gritou ela –, você parece tão calmo!

Seus olhos se encontraram, e eles se imobilizaram nessa contemplação, sós no espaço. Com esforço ela desviou o olhar para a mesa.

– Você sempre parece muito calmo – repetiu ela.

Daisy acabara de dizer a Gatsby que o amava, e Tom Buchanan viu isso. Ficou perplexo. Entreabriu a boca e olhou para Gatsby e de volta para Daisy, como se tivesse acabado de se dar conta de que a conhecia havia muito tempo.

– Você parece o anúncio do homem – prosseguiu ela com inocência. – O anúncio do homem, você sabe...

– Tudo bem – interrompeu Tom precipitadamente. – Eu quero ir para a cidade. Vamos. Vamos todos para a cidade.

Ele se levantou, os olhos ainda correndo de Gatsby para sua mulher. Ninguém se mexeu.

– Vamos, gente! – Ele estava ficando nervoso. – Qual é o problema? Se vamos para a cidade, o melhor é sair já.

Sua mão, trêmula com o esforço de autocontrole, levou aos lábios o resto de cerveja do copo. A voz de Daisy fez com que nos levantássemos e saíssemos para o cascalho em brasa da entrada de carros.

– Vamos sair assim? – protestou ela. – Sem nem saber se alguém não quer primeiro fumar um cigarro?

– Todos nós fumamos durante o almoço inteiro.

– Ah, vamos nos divertir – suplicou ela para Tom. – Está quente demais para a gente ficar brigando.



Ele não respondeu.

– Faça como quiser – disse ela. – Vamos, Jordan.

Elas subiram para se aprontar, enquanto nós três, os homens do grupo, ficamos ali chutando os cascalhos escaldantes. A curva prateada da lua já pairava a oeste no céu. Gatsby começou a falar e mudou de ideia, mas Tom havia se virado para ele e o encarava em expectativa.

– Você pôs seus estábulos ali? – perguntou Gatsby fazendo um esforço.

– Mais ou menos quatrocentos metros pela estrada.

– Ah.

Pausa.

– Não entendo essa ideia de ir para a cidade – exclamou Tom com violência. – As mulheres metem cada coisa na cabeça...

– A gente leva alguma bebida? – gritou Daisy de uma janela no andar de cima.

– Vou levar um pouco de uísque – respondeu Tom. Ele entrou na casa.

Rígido, Gatsby se voltou para mim:

– Não posso falar nada na casa dele, meu velho.

– A voz dela é imprudente – observei. – É cheia de... – eu hesitei.

– A voz dela é cheia de dinheiro – disse ele de repente.

Era isso. Eu não havia entendido antes. Era uma voz cheia de dinheiro. Isso explicava o inesgotável encanto que subia e descia na sua voz, o seu tinido, a sua música de címbalos... No alto, em um palácio branco, a filha do rei, a moça dourada...

Tom saiu da casa enrolando em uma toalha uma garrafa de um quarto de litro, seguido por Daisy e Jordan, que usavam chapéus de tecido metálico, pequenos e apertados, e levavam no braço casaquinhos leves.

– Vamos todos no meu carro? – sugeriu Gatsby. Ele sentiu a alta temperatura do couro verde do assento. – Eu devia ter deixado o carro na sombra.

– O câmbio é padrão? – indagou Tom.

– É.

– Então você vai no meu cupê e me deixa dirigir o seu carro até a cidade.

A sugestão não agradou a Gatsby.

– Acho que ele não está com muita gasolina – disse ele.

– Tem muita gasolina – disse Tom impetuosamente. Ele olhou o medidor de gasolina. – E, se acabar, eu posso parar em uma *drugstore*. Hoje em dia se compra de tudo em uma *drugstore*.

Esse comentário aparentemente sem objetivo foi seguido de uma pausa. Daisy fechou a cara para Tom, e então o rosto de Gatsby assumiu uma expressão indefinível, a um só tempo definitivamente desconhecida e vagamente reconhecível – como se eu só tivesse ouvido alguém descrevê-la em palavras.

– Venha, Daisy – disse Tom empurrando-a para o carro de Gatsby. – Vou levar você na carroça do circo.

Ele abriu a porta, mas Daisy saiu do círculo do seu braço.

– Você leva o Nick e a Jordan. Nós seguimos atrás no cupê.



Ela ficou perto de Gatsby, tocando com a mão o seu paletó. Jordan, Tom e eu nos instalamos no assento dianteiro do carro de Gatsby. Tom empurrou hesitante as marchas que não conhecia e nós disparamos no calor sufocante, deixando-os para trás, fora da nossa vista.

– Vocês viram isso? – perguntou ele.

– Viram o quê?

Ele me dirigiu um olhar penetrante, percebendo que Jordan e eu devíamos saber de tudo fazia muito tempo.

– Vocês acham que eu sou um grandessíssimo idiota, não acham? – disse ele. – Pode ser, mas eu tenho um... quase uma segunda visão, às vezes, que me diz o que eu devo fazer. Talvez vocês não acreditem nisso, mas a ciência...

Ele fez uma pausa. A contingência imediata se apoderou dele, puxou-o de volta da beira do abismo teórico.

– Eu fiz uma pequena investigação sobre esse sujeito – prosseguiu ele. – Poderia ter me aprofundado mais, se soubesse...

– Você está querendo dizer que foi a um médium? – perguntou Jordan, brincando.

– O quê? – Confuso, ele nos olhou enquanto ríamos. – Um médium?

– Para saber sobre o Gatsby.

– Sobre o Gatsby! Não, não fui. Eu disse que fiz uma pequena investigação sobre o passado dele.

– E descobriu que ele foi um homem de Oxford – disse Jordan, solícita.



– Um homem de Oxford! – Ele não acreditava naquilo. – Ele nunca foi! Ele usa terno cor-de-rosa.

– E no entanto ele é um homem de Oxford.

– Só se for de Oxford no Novo México – disse Tom com um risinho de deboche –, ou algo do tipo.

– Tom, me diga: se você é esnobe assim, por que convidou o Gatsby para almoçar? – indagou Jordan zangada.

– Quem convidou foi a Daisy; ela o conhecia antes do nosso casamento – sabe-se lá de onde!

Agora estávamos todos irritados com o desvanecimento do efeito da cerveja, e percebendo isso ficamos em silêncio por algum tempo. Então, quando os olhos descoloridos do dr. T. J. Eckleburg ficaram visíveis, mais adiante na estrada, eu me lembrei do aviso de Gatsby quanto à gasolina.

– Temos o suficiente para chegar à cidade – disse Tom.

– Mas logo adiante tem um posto de gasolina – objetou Jordan. – Eu não quero ficar parada fritando nesse calor.

Impaciente, Tom acionou os dois freios e nós deslizamos até uma parada abrupta e empoeirada sob a placa da oficina de Wilson. Passado um momento, o proprietário surgiu do interior do estabelecimento e examinou o carro com um olhar inexpressivo.

– Quero um pouco de gasolina! – gritou Tom rudemente. – Você acha que nós paramos aqui para quê? Para admirar a vista?

– Eu estou doente – disse Wilson sem se mexer. – Me sinto mal desde que me levantei.

– Qual é o problema?

– Estou esgotado.



– Bom, eu posso ajudar você? – indagou Tom. – Quando nós conversamos no telefone você me pareceu bem.

A custo, Wilson deixou a sombra e o apoio do portal, e, respirando com dificuldade, desatarraxou a tampa do tanque. À luz do sol o seu rosto estava verde.

– Não queria interromper o seu almoço – disse ele. – Mas estou precisando muito de dinheiro e fiquei pensando no que o senhor ia fazer com o seu carro velho.

– O que é que você acha deste? – perguntou Tom. – Comprei na semana passada.

– É um amarelo bonito – respondeu Wilson, esforçando-se na alavanca.

– Quer comprar?

– Grande chance – disse Wilson com um leve sorriso. – Não, mas eu poderia ganhar algum dinheiro com o outro.

– Por que você está querendo dinheiro tão de repente?

– Já fiquei aqui tempo demais. Quero ir embora. Minha mulher e eu queremos ir para o Oeste.

– Sua mulher quer – exclamou Tom, surpreso.

– Ela já fala nisso há dez anos. – Ele se encostou na bomba por um momento, protegendo os olhos contra o sol. – E agora ela vai, queira ou não queira. Ela tem de sair daqui.

O cupê passou por nós com um turbilhão de poeira e um aceno de mão.

– Quanto eu lhe devo? – indagou Tom asperamente.

– Dois dias atrás eu percebi uma coisa estranha – comentou Wilson. – É por isso que eu quero ir embora. É por isso que eu tenho insistido sobre o carro.



– Quanto é que eu lhe devo?

– Um dólar e vinte.

O calor implacável estava começando a me confundir, e eu passei um mau momento ali antes de perceber que até então as suspeitas dele não recaíam sobre Tom. Ele havia descoberto que Myrtle tinha algum tipo de vida longe dele em um mundo diferente, e o choque o fizera adoecer fisicamente. Olhei para ele e depois para Tom, que havia feito uma descoberta paralela menos de uma hora antes, e me ocorreu que entre os homens nenhuma diferença, em inteligência ou raça, é tão profunda quanto a diferença entre os doentes e os saudáveis. Wilson estava tão doente que parecia culpado, imperdoavelmente culpado – como se tivesse acabado de engravidar uma pobre garota.

– Vou deixar você vender o meu carro – disse Tom. – Vou mandá-lo para você amanhã de tarde.

Aquele local era sempre vagamente inquietante, mesmo com toda a claridade da tarde, e então eu virei a cabeça como se tivesse sido advertido de algo atrás de mim. Sobre os montes de cinza, os olhos gigantescos do dr. T. J. Eckleburg mantinham a sua vigília, mas eu percebi, depois de um momento, que a menos de seis metros de distância outros olhos estavam nos observando com uma intensidade estranha.

Em uma das janelas sobre a garagem, as cortinas tinham sido um pouco afastadas, e Myrtle Wilson espreitava o carro. Estava absorta a ponto de não perceber que era observada, e uma emoção após outra se insinuava no seu rosto, como objetos em um filme em câmara lenta. Sua expressão era curiosamente familiar – era uma expressão que eu já tinha visto em rostos femininos, mas no rosto de Myrtle Wilson ela me pareceu despropositada e inexplicável até eu perceber que seus olhos, arregalados de terror e ciúme, se fixavam não em Tom, mas em Jordan Baker, que ela imaginava ser a mulher dele.



Não há confusão comparável à confusão de uma mente simples, e ao nos afastarmos Tom sentiu as infernais chicotadas do pânico. Sua mulher e sua amante, até uma hora atrás seguras e invioladas, estavam escapando precipitadamente ao seu controle. O instinto o fez pisar no acelerador, com o duplo objetivo de ultrapassar Daisy e deixar Wilson para trás, e nós nos precipitamos para Astoria a oitenta quilômetros por hora, até que, entre as vigas compridas e finas do elevado, avistamos o lento cupê azul.

– Naqueles cinemas grandes perto da Rua 50 a temperatura é agradável – disse Jordan. – Eu adoro Nova York nas tardes de verão, quando todo mundo viajou. A cidade tem algo de sensual – madura demais, como se todos os tipos de frutas estranhas fossem cair nas nossas mãos.

A palavra "sensual" teve o efeito de inquietar ainda mais Tom, mas, antes que ele pudesse inventar um protesto, o cupê parou e Daisy nos fez sinal para emparelharmos os carros.



– Aonde nós estamos indo? – gritou ela.

– Que tal um cinema?

– Está muito quente – queixou-se ela. – Vocês vão. Nós vamos passear por aí, e a gente se encontra depois. – Com um esforço, seu senso de humor aflorou mornamente. – Vamos encontrar vocês em alguma esquina. Eu sou o homem que fuma dois cigarros.

– Não podemos ficar discutindo aqui – disse Tom, impaciente, enquanto de um caminhão atrás de nós assobiavam rispidamente. – Sigam-me até o lado sul do Central Park, em frente do Plaza.

Ele virou a cabeça várias vezes e olhou para o seu carro, que estava atrás, e se o tráfego desacelerava, receava que o cupê entrasse rapidamente em uma rua lateral e desaparecesse para sempre da sua vida.

Mas isso não aconteceu. E nós optamos unanimemente pela menos razoável de todas as resoluções: ocupar a sala de estar de uma suíte do Plaza Hotel.

A demorada e tumultuada discussão que se encerrou com a decisão de irmos para aquela sala não se conservou na minha memória, mas tenho uma vívida lembrança de que no decorrer dela me pareceu que a minha roupa de baixo me subia pelas pernas como uma cobra molhada e eu senti intermitentes contas de suor escorrerem frias pelas minhas costas. A ideia do Plaza surgiu a partir da sugestão de Daisy de que ocupássemos cinco banheiros e tomássemos um banho frio, e depois ficou mais tangível sob a forma de "um lugar para bebermos um *mint julep*". Todos nós dissemos várias vezes que aquilo era uma "ideia maluca" – falamos todos ao mesmo tempo com um recepcionista desnorteado e achamos, ou fingimos achar, que éramos muito divertidos...

A sala era grande e sufocante, e, embora já fossem quatro horas da tarde, ao abrimos as janelas o que entrou foi apenas um bafo quente dos arbustos do Central Park. Daisy foi até o espelho e ficou de costas para nós, ajeitando o cabelo.

– É uma excelente suíte – sussurrou Jordan respeitosamente, e todos riram.

– Abra outra janela – ordenou Daisy sem se voltar.

– Não há mais janelas.

– Bom, então é melhor a gente telefonar pedindo um machado...

– O que nós temos de fazer é esquecer o calor – disse Tom com impaciência. – Ele fica dez vezes pior com as suas reclamações.

Ele desenrolou a toalha, pegou a garrafa de uísque e a colocou sobre a mesa.

– Por que você fala com ela assim, meu velho? Afinal, quem quis vir para a cidade foi você.

Houve um momento de silêncio. O catálogo telefônico escorregou do prego e caiu no chão. Jordan murmurou: – Desculpa – mas dessa vez ninguém riu.

– Vou pegá-lo – ofereci-me.

– Pronto, peguei. – Gatsby examinou a tira rompida, resmungou "Hum!" de um modo interessado e jogou o catálogo em uma cadeira.

– Essa é uma grande expressão sua, não é? – disse Tom com severidade.

– Qual?



– Esse seu "meu velho". Onde foi que você arranjou isso?

– Olhe aqui, Tom – disse Daisy virando-se para nós –, se você vai continuar fazendo comentários pessoais, eu não fico aqui nem mais um minuto. Pegue o telefone e peça um pouco de gelo para o *mint julep*.

Quando Tom pegou o receptor do telefone, o calor comprimido explodiu em som e começamos a ouvir as brilhantes cordas da *Marcha nupcial* de Mendelssohn, vindas do salão de baile do andar térreo.

– Imaginem, casar com alguém neste calor! – exclamou Jordan, desanimada.

– Mas eu me casei em meados de junho – lembrou Daisy. – Louisville em junho! Alguém desmaiou. Quem foi que desmaiou, Tom?

– Biloxi – respondeu ele secamente.

– Um homem chamado Biloxi. "Blocks" Biloxi, e ele fabricava boxes... é verdade!... e era de Biloxi, no Tennessee.

– Ele foi levado para a minha casa – acrescentou Jordan –, porque nós morávamos a duas portas da igreja. E ficou lá três semanas, até o papai lhe dizer que ele não podia mais ficar. Ele foi embora, e no dia seguinte o papai morreu. – Depois de um momento ela esclareceu: – Uma coisa não teve nenhuma relação com a outra.

– Eu sei de um Bill Biloxi de Memphis – comentei.

– Era primo dele. Fiquei conhecendo a história de toda a família Biloxi enquanto ele esteve lá em casa. Ele me deu um taco de alumínio, que é o que eu uso hoje para jogar.

A música havia cessado com o início da cerimônia e agora entrava pela janela uma prolongada alegria, seguida por gritos intermitentes de "Éééé – éééé – éééé!" e finalmente uma explosão de *jazz*, e então começou a dança.



– Estamos ficando velhos – disse Daisy. – Se fôssemos jovens, já estaríamos dançando.

– Lembre-se do que aconteceu com o Biloxi – Jordan a advertiu. – Onde foi que você o conheceu, Tom?

– Biloxi? – Ele fez um esforço para se concentrar. – Eu não o conhecia. Ele era amigo da Daisy.

– Não era não – protestou ela. – Eu nunca tinha visto aquele sujeito. Ele chegou no vagão particular.

– Bom, ele disse que conhecia você. Disse que tinha sido criado em Louisville. Asa Bird chegou com ele no último minuto e perguntou se havia lugar para ele.

– Provavelmente foi o jeito que ele encontrou de ir para casa sem gastar dinheiro. Ele me disse que era presidente da sua classe em Yale.

Tom e eu nos olhamos sem nada entender.

– Biloxi?

– Em primeiro lugar, nós nem tínhamos presidente...

O pé de Gatsby batia incessantemente no chão, e de repente Tom olhou para ele.

– Aliás, senhor Gatsby, eu soube que é um homem de Oxford.

– Não exatamente.

– Sim, eu ouvi dizer que foi para Oxford.

– Fui... eu estive lá.

Pausa. Depois a voz de Tom, incrédula e insultante:

– Você deve ter estado lá mais ou menos na época em que Biloxi esteve em New Haven.



Outra pausa. Um garçom bateu na porta e entrou com hortelã macerada e gelo, mas o silêncio não foi rompido com o seu "obrigado" e o suave fechar da porta. Aquele detalhe importante seria finalmente esclarecido.

– Eu lhe disse que estive lá – disse Gatsby.

– Eu ouvi, mas gostaria de saber quando foi isso.

– Foi em 1919; fiquei lá apenas cinco meses. É por isso que na verdade eu não posso dizer que sou um homem de Oxford.

Tom olhou em volta para ver se nós refletíamos o seu ceticismo. Mas todos nós estávamos olhando para Gatsby.

– Foi uma oportunidade que deram para alguns oficiais depois do armistício – prosseguiu ele. – Nós podíamos ir para qualquer universidade da Inglaterra ou da França.

Tive vontade de me levantar e lhe dar um tapinha nas costas. Foi uma daquelas renovações da fé absoluta nele que eu já havia experimentado antes.

Daisy se levantou, sorrindo levemente, e foi para a mesa.

– Abra o uísque, Tom – ordenou ela –, para eu lhe preparar um *mint julep*. Assim você não vai parecer tão idiota para si mesmo... Pegue a hortelã!

– Espere um minuto – berrou Tom –, eu quero perguntar mais uma coisa para o senhor Gatsby.

– Pergunte – disse Gatsby educadamente.

– Que tipo de briga você está tentando provocar na minha casa?

Eles estavam finalmente jogando às claras, e isso agradou a Gatsby.

– Ele não está provocando uma briga – disse Daisy, desesperada, olhando de um para o outro. – Você está provocando uma briga. Por favor, tenha um pouco de autocontrole.

– Autocontrole! – repetiu Tom incrédulo. – Imagino que a última moda seja se sentar e deixar o senhor Ninguém, vindo de Lugar Algum, namorar a sua mulher. Bom, se a ideia é essa, você não precisa contar comigo... Hoje em dia as pessoas começam torcendo o nariz para a vida familiar e para as instituições familiares, e depois mandam tudo para os ares, e os brancos se casam com os negros.

Com o rosto congestionado por aquele palavrório arrebatado, ele se viu de pé sozinho na última fronteira da civilização.

– Aqui nós somos todos brancos – murmurou Jordan.

– Eu sei que não sou muito popular. Não dou grandes festas. Imagino que seja preciso transformar a casa em um chiqueiro para termos amigos... no mundo moderno.

Com toda a irritação que eu sentia – que todos nós sentíamos –, me vinha uma vontade de rir toda vez que ele abria a boca. A transição de libertino para puritano havia se completado.

– Eu tenho uma coisa para dizer a *você*, meu velho... – começou Gatsby. Mas Daisy adivinhou a sua intenção.

– Não, por favor! – ela interrompeu, impotente. – Por favor, vamos todos voltar para casa. Por que não vamos todos para casa?

– É uma boa ideia – disse eu levantando-me. – Vamos, Tom. Ninguém quer beber.



– Eu quero saber o que é que o senhor Gatsby tem a me dizer.

– Sua mulher não ama você – disse Gatsby. – Nunca amou. Ela me ama.

– Você deve estar louco! – exclamou Tom prontamente.

Gatsby se levantou de um pulo, animado pela agitação.

– Ela nunca amou você, está me ouvindo? – gritou ele. – Ela só se casou com você porque eu era pobre e ela se cansou de esperar por mim. Foi um erro terrível, mas no fundo ela nunca amou ninguém além de mim!

Nesse momento Jordan e eu tentamos ir embora, mas Tom e Gatsby insistiram, competindo em firmeza, para que ficássemos – como se nenhum deles tivesse algo para esconder e fosse para nós um privilégio tomar parte indiretamente nas suas emoções.

– Venha se sentar, Daisy – disse Tom, tentando dar à voz um tom paternal. – O que é que está acontecendo? Eu quero saber tudo.

– Eu já lhe disse o que está acontecendo – respondeu Gatsby. – O que está acontecendo há cinco anos. Sem que você saiba.

Tom voltou-se para Daisy, encarando-a com uma expressão severa.

– Você vem se encontrando com esse sujeito há cinco anos?

– Não nos encontramos – interpôs Gatsby. – Não, nós não podíamos nos encontrar. Mas nos amávamos durante todo esse tempo, meu velho, e você não sabia disso. Muitas vezes eu ri – mas não havia riso nos seus olhos – ao pensar que você não sabia.

– Ah... é isso. – Tom bateu os grossos dedos uns contra os outros, como um padre, e se reclinou na poltrona.



– Você está maluco – explodiu ele. – Não posso falar sobre o que aconteceu cinco anos atrás, porque nessa época eu ainda nem conhecia Daisy... e eu nunca seria capaz de imaginar um jeito de você ter chegado a um quilômetro de distância dela que não fosse batendo na porta dos fundos para fazer entregas do armazém. Mas todo o resto da sua história é pura mentira. Daisy me amava quando nós nos casamos e me ama agora.

– Não – disse Gatsby, agitando a cabeça.

– Sim, ela me ama. O problema é que às vezes ela mete na cabeça umas ideias bobas e não sabe o que está fazendo. – Ele meneou a cabeça com um ar de sabedoria. – E tem mais: eu também amo a Daisy. De vez em quando caio na farra e faço umas loucuras, mas sempre volto, e no meu coração eu amo a minha mulher o tempo todo.

– Você é revoltante – disse Daisy. Ela se voltou para mim, e sua voz, uma oitava mais grave, fez a sala se encher de um desprezo emocionado: – Você sabe por que nós nos mudamos de Chicago? Não sei como não lhe contaram a história daquela farrinha.

Gatsby atravessou a sala e ficou de pé ao lado dela.

– Daisy, agora isso tudo acabou – disse ele com veemência. – Não tem mais importância. Simplesmente diga a verdade para ele: que você nunca o amou e que está tudo acabado para sempre.

Ela o olhou sem vê-lo.

– Mas... como é que eu poderia amá-lo... como é que eu poderia?



– Você nunca o amou.

Ela hesitou. Seus olhos se voltaram para Jordan e para mim numa espécie de apelo, como se finalmente ela percebesse o que estava fazendo – e como se nunca tivesse, durante todo o tempo, pretendido fazer o que quer que fosse. Mas agora já estava feito. Era tarde demais.

– Eu nunca amei você – disse ela denotando relutância.

– Nem no Kapiolani? – indagou Tom subitamente.

– Não.

Do salão de baile, embaixo, acordes abafados e sufocantes subiam em ondas de ar quente.

– Nem naquele dia em que eu carreguei você do Punch Bowl para que você não molhasse os pés? – Havia uma ternura rouca na voz dele... – Daisy?

– Por favor, não faça isso. – A voz de Daisy era fria, mas o rancor havia desaparecido. Ela olhou para Gatsby. – Pronto, Jay – disse ela; mas então tentou acender um cigarro, e sua mão tremia. De repente ela atirou no tapete o cigarro e o fósforo aceso.

– Ah, o que você quer é demais! – gritou ela para Gatsby. – Eu amo você agora. Isso não é suficiente? Não posso fazer nada quanto ao passado. – Ela começou a chorar convulsivamente. – Eu amei Tom no passado, sim; mas também amei você.

Os olhos de Gatsby se abriram e se fecharam.

– Você me amou *também*? – repetiu ele.

– Até mesmo isso é uma mentira – disse Tom ferozmente. – Ela não sabia que você estava vivo. Ah, houve coisas entre Daisy e mim que vocês nunca irão saber, coisas que nem eu nem ela jamais iremos esquecer.



Essas palavras pareceram morder Gatsby fisicamente.

– Eu quero falar a sós com Daisy – insistiu ele. – Ela está muito nervosa agora...

– Mesmo sozinha com você eu não posso dizer que nunca amei o Tom – admitiu ela com uma voz lastimável. – Não seria verdade.

– Claro que não seria – concordou Tom.

Ela se voltou para o marido.

– Como se isso fosse importante para você – disse ela.

– Claro que é importante. De agora em diante eu vou cuidar melhor de você.

– Você não está entendendo – interpôs Gatsby com algo de pânico. – Você não vai mais cuidar dela.

– Não vou? – Tom arregalou os olhos e riu. Agora estava conseguindo se controlar. – Por quê?

– Daisy vai deixar você.

– Bobagem.

– Mas eu vou – disse ela com visível esforço.

– Ela não vai me deixar! – As palavras de Tom subitamente visaram Gatsby. – Claro que não vai me deixar por um vigarista comum que para colocar no seu dedo uma aliança teria de roubá-la.

– Eu não vou aguentar isso – gritou Daisy. – Ah, por favor, vamos embora.

– Quem é você, afinal? – explodiu Tom. – Você faz parte daquela turma que fica vagabundeando com o Meyer Wolfshiem – disso eu fiquei sabendo por acaso. Fiz uma pequena investigação sobre os seus negócios, e amanhã vou continuar.



– Faça o que bem entender, meu velho – disse Gatsby com firmeza.

– Descobri o que eram as suas "*drugstores*". – Ele se voltou para nós e falou rapidamente. – Ele e esse Wolfshiem compraram uma porção de *drugstores* em ruas secundárias daqui e de Chicago e vendiam livremente álcool de cereais. Essa é uma das suas pequenas façanhas. Quando eu o conheci, achei que ele seria um contrabandista de bebidas, e não estava muito errado.

– E o que tem isso? – disse Gatsby educadamente. – Imagino que o seu amigo Walter Chase não tenha ficado muito orgulhoso por entrar nesse negócio.

– E você o deixou na mão, não é mesmo? Deixou que ele ficasse preso durante um mês em New Jersey. Você precisa saber o que o Walter diz *de você* quanto a isso.

– Quando ele nos procurou, estava falido. Ficou muito feliz por poder ganhar algum dinheiro, meu velho.

– Não me chame de "meu velho"! – gritou Tom. Gatsby nada disse. – O Walter também poderia ter denunciado você por violar as leis sobre apostas, mas o Wolfshiem o ameaçou para que ele não abrisse a boca.

Aquele olhar estranho e no entanto reconhecível estava de volta no rosto de Gatsby.

– O negócio das *drugstores* era café-pequeno – prosseguiu Tom lentamente – perto do que você está fazendo agora, alguma coisa tão grave que o Walter não quer revelar.



Esgueirei o olhar para Daisy, que, aterrorizada, fitava ora Gatsby, ora o marido, e para Jordan, que tinha começado a equilibrar na ponta do queixo um objeto invisível mas absorvente. Então voltei a fitar Gatsby – e fiquei assustado com o que vi. Era como se ele tivesse – e digo isso com todo o desprezo pelas calúnias murmuradas no jardim da casa dele – "matado um homem". Por um momento a dureza que vi no seu rosto só poderia ser descrita desse modo fantástico.

Mas essa expressão se desfez, e Gatsby começou a conversar exaltadamente com Daisy, negando tudo, defendendo seu nome contra acusações que não tinham sido feitas. A cada palavra, porém, ela se retirava mais em si mesma, e assim ele desistiu, e somente o sonho morto continuava se debatendo enquanto a tarde transcorria, tentando tocar o que já não era tangível, lutando infeliz sem perder a esperança, voltado para o outro lado da sala, para aquela voz perdida.

A voz suplicou novamente para ir embora.

– *Por favor*, Tom! Eu não aguento mais isso.

Os olhos amedrontados de Daisy diziam que quaisquer que tivessem sido as suas intenções, por maior que tivesse sido a sua coragem, agora tudo estava definitivamente acabado.

– Vocês dois voltem para casa, Daisy – disse Tom. – No carro do senhor Gatsby.

Ela olhou para Tom, alarmada, mas ele insistiu, com um desprezo magnânimo.

– Vá. Ele não vai aborrecer você. Deve ter percebido que esse namorico presunçoso acabou.



Eles saíram sem nada dizer, expulsos, considerados acidentais, distanciados, como fantasmas, até mesmo da nossa compaixão.

Passado um momento, Tom se levantou e começou a desembrulhar a garrafa de uísque, intocada dentro da toalha.

– Querem um pouco disto? Jordan?... Nick?

Eu não respondi.

– Nick? – perguntou ele novamente.

– O quê?

– Quer um pouco?

– Não... Acabei de me lembrar que hoje é o meu aniversário.

Eu estava com trinta anos. Diante de mim se estendia a estrada agourenta, ameaçadora, de uma nova década.

Eram sete horas quando entramos com ele no cupê e partimos para Long Island. Tom falava sem parar, exultante e sorridente, mas sua voz estava tão longínqua para Jordan e para mim quanto o clamor externo na calçada ou o tumulto do elevado sobre nós. A solidariedade humana tem limites, e nós estávamos contentes por deixar toda aquela trágica discussão ir se apagando como as luzes da cidade que haviam ficado para trás. Trinta anos – a promessa de uma década de solidão, uma lista cada vez mais reduzida de homens solteiros para conhecer, uma bagagem de entusiasmo cada vez mais leve, o cabelo cada vez mais ralo. Mas ao meu lado havia Jordan, que, ao contrário de Daisy, era sempre esperta demais para levar de uma idade para outra os sonhos já esquecidos. Ao passarmos pela ponte escura, seu rosto pálido tombou indolente contra o meu ombro, e a formidável pancada dos trinta desapareceu com a pressão tranquilizadora da sua mão.



E, sentindo o esfriamento do ar no crepúsculo, continuamos a nossa viagem em direção à morte.

O jovem grego Michaelis, que tinha um café ao lado dos montes de cinza, foi a principal testemunha no inquérito policial. O calor o fizera dormir até depois das cinco, quando ele saiu andando até a oficina e encontrou George Wilson doente no seu escritório – doente de fato, pálido como o seu cabelo claro e tremendo da cabeça aos pés. Michaelis o aconselhou a ir para a cama, mas Wilson recusou, dizendo que se fizesse isso perderia muitos negócios. Enquanto seu vizinho tentava persuadi-lo, no andar de cima começou uma barulheira infernal.

– Eu prendi a minha mulher lá em cima – explicou Wilson calmamente. – Ela vai ficar lá até depois de amanhã, e aí nós vamos nos mudar daqui.

Michaelis ficou pasmo; eles eram vizinhos havia quatro anos, e Wilson nunca lhe parecera nem remotamente capaz de dizer uma coisa dessas. De modo geral ele era um desses homens esgotados: quando não estava trabalhando, sentava-se em uma cadeira no portal e olhava para as pessoas e os carros que passavam na estrada. Quando alguém lhe falava, tinha invariavelmente um riso agradável, desenxabido. Ele era o marido da sua mulher, e não ele próprio.



Assim, como era de esperar, Michaelis tentou descobrir o que havia acontecido. Wilson nada disse, mas começou a dirigir olhares curiosos, desconfiados, ao seu visitante e a lhe perguntar o que ele tinha feito em determinadas horas de determinados dias. Quando Michaelis já estava ficando incomodado, alguns trabalhadores passaram pela porta em direção ao café e ele aproveitou a oportunidade para ir embora, dizendo que voltaria mais tarde. Mas não fez isso. Ele acha que se esqueceu, apenas isso. Quando saiu novamente, pouco depois das sete horas, lembrou-se da conversa porque ouviu a sra. Wilson vituperando em voz alta no andar onde funciona a oficina.

– Me bata! – ele a ouviu gritar. – Me jogue no chão e me bata, seu covarde nojento, insignificante!

Logo depois ela correu para fora no lusco-fusco, agitando as mãos e gritando – e antes que ele pudesse dar um passo para fora da porta estava tudo acabado.

O "carro da morte", como a ele se referiram os jornais, não parou; surgiu na escuridão que já se adensava, hesitou tragicamente durante um momento e depois desapareceu na curva seguinte. Mavro Michaelis nem mesmo tinha certeza da sua cor – disse ao primeiro policial que era verde-claro. O outro carro, que ia na direção de Nova York, parou a quase um quilômetro de distância e o motorista voltou correndo na estrada até onde Myrtle Wilson, brutalmente morta, jazia debruçada sobre os joelhos, misturando o sangue espesso e escuro com a poeira.

Michaelis e o homem do outro carro foram os primeiros a chegar aonde ela estava, mas quando rasgaram sua blusa, úmida de transpiração, viram que o seio esquerdo balançava como uma aba, e assim era inútil querer ouvir se o coração ainda batia. A boca escancarada cortara-se ligeiramente nos cantos, como se Myrtle tivesse sofrido um leve sufocamento ao abandonar a tremenda vitalidade que havia retido por tanto tempo.



Vimos os três ou quatro automóveis e um ajuntamento quando ainda estávamos um pouco distantes do lugar.

– Um acidente! – disse Tom. – Isso é bom. O Wilson vai ter um pouco de movimento, finalmente.

Ele desacelerou, mas sem intenção de parar, até que, ao nos aproximarmos, os rostos silenciosos e concentrados das pessoas na porta do posto de gasolina o fizeram instintivamente acionar o freio.

– Vamos dar uma olhada – disse ele, hesitando. – Só uma olhada.

Então eu percebi um gemido abafado que vinha incessantemente da oficina, um som que ao sairmos do cupê e nos dirigirmos à porta começamos a distinguir como as palavras "Ah, meu Deus!", repetidas num lamento ofegante.

– Aconteceu alguma coisa ruim ali – disse Tom, agitado.

Ele se esticou na ponta dos pés e, sobre um círculo de cabeças, olhou para dentro da oficina, iluminada apenas por uma lâmpada amarela dentro de uma cesta de metal que balançava pendurada no teto. Então deixou escapar da garganta um som áspero e com um violento empurrão daqueles braços formidáveis abriu passagem pelo grupo.



O círculo se fechou novamente com um murmúrio de censuras; passou-se um minuto sem que eu pudesse ver alguma coisa. Então outras pessoas que chegaram desarranjaram a disposição do aglomerado, e Jordan e eu fomos subitamente empurrados para a frente.

O corpo de Myrtle Wilson, envolto em um cobertor e depois em outro, como se estivesse sentindo frio naquela noite quente, repousava em uma bancada de trabalho encostada na parede, e Tom, de costas para nós, estava curvado sobre ele, imóvel. Ao lado dele um suado policial motociclista anotava nomes caprichosamente em uma caderneta. A princípio não pude descobrir a fonte das palavras ditas em um gemido alto que ecoavam clamorosamente pela oficina vazia, mas depois vi Wilson de pé no degrau da entrada do seu escritório, balançando-se para a frente e para trás e segurando-se com as duas mãos nos batentes da porta. Um homem falava com ele em voz baixa e de vez em quando tentava pôr a mão no seu ombro, mas Wilson não ouvia nem via nada. Seus olhos desciam lentamente da luz balouçante até a mesa colocada contra a parede, depois, num solavanco, voltavam para a luz, e ele não parava de gritar sua horrível invocação:

– Ah, meu De-eus! Ah, meu De-eus! Ah, meu De-eus! Ah, meu De-eus!

Então Tom ergueu a cabeça abruptamente, percorreu com olhos vidrados toda a oficina e dirigiu entre dentes para o policial um comentário incoerente.



– M-a-v... – dizia o policial – o...

– Não, com r – corrigiu o homem –, M-a-v-r-o.

– Escute aqui! – balbuciou Tom ferozmente.

– r... – disse o policial – o...

– g...

– g... – Ele ergueu o olhar quando a manzorra de Tom caiu pesadamente sobre seu ombro. O que é que você quer, rapaz?

– O que foi que aconteceu? É o que eu quero saber.

– Atropelamento. Morreu na hora.

– Morreu na hora – repetiu Tom olhando-o fixamente.

– Ela entrou correndo na estrada. O filho da mãe nem parou o carro.

– Tinha dois carros – disse Michaelis –, um vindo e o outro indo, entende?

– Vindo para onde? – indagou ciosamente o policial.

– Cada um ia para um lado. Bom, ela... – Sua mão se ergueu na direção dos cobertores, mas parou a meio caminho, e ele a deixou cair ao longo do corpo. – Ela entrou correndo na estrada e foi pega em cheio pelo que vinha de Nova York. Ele estava a uns cinquenta ou sessenta quilômetros por hora.

– Qual é o nome deste lugar? – perguntou o policial.

– Não tem nome.

Um homem negro bem-vestido se aproximou e parou.

– Era um carro amarelo – disse ele –, um carrão amarelo. Novo.



– Você viu o acidente? – indagou o policial.

– Não, mas o carro passou por mim na estrada a mais de sessenta por hora. Devia estar a uns oitenta ou noventa.

– Venha cá e me dê o seu nome. Silêncio! Eu quero pegar o nome dele.

Algumas palavras dessa conversa devem ter chegado até Wilson, que se balançava na porta do escritório, porque subitamente um novo tema apareceu entre os seus gritos desesperados:

– Vocês não precisam me dizer que tipo de carro era! Eu sei que tipo de carro era!

Observando Tom, vi a massa muscular do seu ombro se tensionar sob o paletó. Ele caminhou rapidamente até Wilson e, de pé diante dele, agarrou-o com firmeza pelos braços.

– Você tem de se recompor – disse ele com voz rouca e em tom consolador.

Os olhos de Wilson se fixaram em Tom; curvando-se para a frente, ele ficou na ponta dos pés, e teria caído de joelhos se Tom não o tivesse amparado.

– Escute – disse Tom balançando-o levemente. – Eu cheguei aqui um minuto atrás, vindo de Nova York. Estava trazendo para você aquele cupê sobre o qual nós conversamos. Aquele carro amarelo que eu estava dirigindo à tarde não é meu, está me ouvindo? Eu não vi mais aquele carro durante o resto da tarde.

Somente o homem negro e eu estávamos próximos o suficiente para ouvir o que ele disse, mas o policial captou algo no seu tom de voz e ergueu para ele um olhar feroz.

– O que é que está acontecendo aí? – indagou ele.



– Eu sou amigo dele. – Tom virou a cabeça mas manteve as mãos firmes no corpo de Wilson. – Ele disse que sabe qual foi o carro que atropelou a mulher dele... Foi um carro amarelo.

Um impulso obscuro levou o policial a olhar desconfiado para Tom.

– E o seu carro, de que cor é?

– É um carro azul, um cupê.

Alguém que vinha de carro um pouco atrás de nós confirmou isso, e o policial se virou para o outro lado.

– Então, se você me deixar anotar o nome outra vez, do jeito certo...

Pegando Wilson como a uma boneca, Tom o levou para o escritório, colocou-o em uma cadeira e voltou.

– Alguém precisa ficar sentado com ele ali – disse ele autoritariamente. Então observou enquanto os dois homens que estavam de pé bem perto se entreolharam e entraram de má vontade no escritório. Mal eles haviam entrado, fechou a porta e desceu o degrau, evitando olhar a bancada. Ao passar por mim, sussurrou: – Vamos embora.

Embaraçados, com os braços autoritários dele abrindo caminho, nós avançamos pela aglomeração que continuava aumentando, passamos por um médico apressado de maleta na mão, chamado meia hora antes por alguém que tinha uma esperança insensata.

Tom dirigiu devagar até depois da curva, e então seu pé pressionou com força o acelerador e o cupê disparou na noite.

Logo depois eu ouvi um choro rouco e contido, e vi lágrimas rolando pelo seu rosto.

– O maldito covarde! – disse ele em meio ao choro. – Nem parou o carro.

A casa dos Buchanan flutuou subitamente à nossa frente entre as árvores escuras e farfalhantes. Tom parou ao lado do alpendre e ergueu o olhar para o andar de cima, onde duas janelas iluminadas brilhavam em meio à hera.

– A casa da Daisy – disse ele. Ao descermos do carro ele olhou para mim e franziu ligeiramente o cenho.

– Devia ter deixado você em West Egg, Nick. Hoje nós não podemos fazer nada.

Ele havia passado por uma mudança e falava em um tom grave e com decisão. Antes de chegarmos ao alpendre, enquanto caminhávamos sobre o cascalho iluminado pelo luar, ele teve tempo de resolver a situação em poucas frases rápidas.

– Vou telefonar pedindo um táxi para levar você em casa, e enquanto esperam é bom você e a Jordan pedirem na cozinha para prepararem um jantar – se vocês quiserem. – Ele abriu a porta. – Entrem.

– Não, obrigado. Mas eu gostaria que você me chamasse um táxi. Vou esperar aqui fora.

Jordan pôs a mão no meu braço.

– Você não vai entrar, Nick?

– Não, obrigado.

Eu estava me sentindo um tanto nauseado e queria ficar só. 
Mas Jordan ainda permaneceu por ali mais um instante.

– São só nove e meia – disse ela.

Nada me faria entrar ali; um dia com todos eles já tinha sido demais para mim, e subitamente isso incluía Jordan. Ela deve ter percebido na minha expressão o que me ia pela cabeça, porque se voltou bruscamente, subiu correndo a escada e entrou na casa. Eu me sentei por alguns minutos com o queixo apoiado na mão até ouvir a voz do mordomo ao telefone pedindo um táxi. Então me afastei da casa pela entrada de carros, pretendendo esperar ao lado do portão.

Tinha caminhado uns vinte metros quando ouvi meu nome, e Gatsby, saindo de entre dois arbustos, se pôs do meu lado no caminho. Eu devia estar muito aturdido naquela hora, porque não pude pensar em outra coisa além da luminosidade do seu terno cor-de-rosa sob o luar.

– O que é que você está fazendo? – perguntei.

– Estou aqui, meu velho. Só isso.

Aquilo me pareceu uma ocupação indigna. Tudo o que eu sabia me levava a pensar que ele não tardaria a assaltar a casa; eu não me surpreenderia se visse caras sinistras, as caras do "pessoal do Wolfshiem", atrás dele nos arbustos escuros.

– Você viu algum problema na estrada? – indagou ele depois de um minuto.

– Vi.

Ele hesitou.



– Ela morreu?

– Morreu.

– Achei que sim; eu disse isso para a Daisy. Era melhor que o choque fosse todo de uma vez. Ela suportou muito bem.

Ele falava como se a reação de Daisy fosse a única coisa que importava.

– Eu fui para West Egg pela estrada lateral – prosseguiu ele – e deixei o carro na garagem. Não creio que alguém tenha nos visto, mas é claro que não posso ter certeza disso.

Naquele momento eu antipatizava tanto com ele que não achei necessário dizer-lhe que ele estava errado.

– Quem era a mulher? – perguntou ele.

– O sobrenome dela era Wilson. O marido é o dono do posto de gasolina. Que diabo, como foi que isso aconteceu?

– Bom, eu tentei desviar a direção... – Ele se interrompeu, e de repente eu soube a verdade.

– Quem estava dirigindo era a Daisy?

– Era – respondeu ele depois de um momento –, mas evidentemente eu vou dizer que era eu. Quando nós saímos de Nova York ela estava muito nervosa; achou que se dirigisse se acalmaria. E aquela mulher correu na nossa frente exatamente quando nós estávamos passando por um carro que vinha no outro sentido. Tudo aconteceu em um minuto, mas eu tive a impressão de que ela queria falar conosco; como se ela nos tivesse confundido com pessoas conhecidas dela. Bom, primeiro a Daisy se desviou da mulher, aproximando-se do outro carro, mas depois ela se descontrolou e voltou. No segundo em que a minha mão pegou a direção eu senti o baque. Ela deve ter morrido imediatamente.



– Foi partida ao meio pelo choque.

– Não me conte, meu velho. – Ele estremeceu. – De qualquer forma... a Daisy acelerou. Eu quis que ela parasse, mas ela não conseguiu, de modo que eu puxei o freio de mão. Então ela caiu no meu colo e eu dirigi pelo resto do percurso.

– Amanhã ela vai estar bem – disse ele em seguida. – Estou esperando aqui para ver se o Tom não vai importuná-la com aquela coisa desagradável desta tarde. Ela se fechou no quarto, e, se ele tentar qualquer brutalidade, ela vai apagar a luz e acender em seguida.

– Ele não vai encostar um dedo nela – disse eu. – Não está pensando nela.

– Eu não confio nele, meu velho.

– Quanto tempo você vai ficar esperando?

– A noite inteira, se for preciso. Até todos eles terem ido para a cama, de qualquer forma.

Ocorreu-me então outro ponto de vista. Supondo que Tom tivesse descoberto que Daisy estava dirigindo, ele poderia ver uma ligação no caso – poderia achar qualquer coisa. Olhei para a casa; havia duas ou três janelas iluminadas no andar térreo e o brilho rosado do quarto de Daisy no andar de cima.

– Espere aqui – disse eu. – Vou ver se há algum sinal de tumulto.

Caminhei de volta pela borda do gramado, atravessei o cascalho bem devagar e subi o mais silenciosamente possível a escada da varanda. Com as cortinas abertas, vi que não havia ninguém na sala de estar. Atravessando a varanda onde tínhamos jantado naquela noite de junho, três meses antes, cheguei a um pequeno retângulo de luz que imaginei ser a janela da despensa. A persiana estava fechada, mas eu vi uma brecha junto do peitoril.



Daisy e Tom estavam sentados um diante do outro à mesa da cozinha, com um prato de frango frito frio entre eles e duas garrafas de cerveja. Ele falava concentrado, e naquela seriedade sua mão caíra sobre a dela, cobrindo-a. De quando em quando ela erguia o olhar para ele e meneava a cabeça, assentindo.

Eles não estavam felizes, e nenhum deles havia tocado na comida nem na cerveja – e ao mesmo tempo tampouco estavam infelizes. Havia no quadro um inequívoco ar de intimidade natural, e quem os visse teria dito que eles estavam tramando uma conspiração.

Ao me esgueirar pela varanda, ouvi meu táxi aproximando--se da casa pela estrada escura. Gatsby estava à espera onde eu o havia deixado, na entrada de carros.

– Está tudo tranquilo lá em cima? – perguntou ele ansiosamente.

– Tudo tranquilo. – Eu hesitei. – Seria melhor você ir para casa e dormir um pouco.

– Quero esperar aqui até a Daisy ir para a cama. Boa noite, meu velho.

Ele pôs as mãos nos bolsos do paletó e voltou resolutamente a observar a casa, como se a minha presença estivesse maculando a santidade daquela vigília. Assim, eu me afastei e o deixei ali, de pé ao luar – tomando conta de nada.

# 8

Não dormi a noite inteira; uma sirene de nevoeiro gritou incessantemente no estreito, e eu fiquei me virando e revirando na cama, meio nauseado, entre a realidade absurda e sonhos selvagens, aterrorizadores. Já perto do amanhecer ouvi um táxi subir a entrada de carros da casa de Gatsby e imediatamente pulei da cama e comecei a me vestir – senti que tinha algo a lhe dizer, que precisava adverti-lo sobre algo, e quando amanhecesse seria tarde demais.

Ao atravessar o gramado, encontrei a porta da frente ainda aberta e o vi inclinado sobre uma mesa da sala, acabrunhado pela depressão ou pelo sono.

– Não aconteceu nada – disse ele debilmente. – Eu esperei, e por volta das quatro horas ela chegou à janela, ficou ali durante um minuto e depois apagou a luz.

A casa nunca havia me parecido tão imensa quanto naquela noite, ao procurarmos cigarros nas enormes salas.

Abrimos cortinas que pareciam tendas e tateamos por extensões intermináveis de paredes escuras, procurando os interruptores. Em dado momento eu caí, produzindo uma espécie de salpico nas teclas de um piano fantasmagórico. Havia por toda parte uma quantidade inexplicável de poeira, e as salas cheiravam a mofo, como se não tivessem sido arejadas há muito tempo. Encontrei a caixa de cigarros em uma mesa desconhecida, com dois cigarros fedidos e secos. Abrindo as portas-janelas, saímos da sala e ficamos sentados, fumando na escuridão.

– Você precisa ir embora – eu disse. – É praticamente certo que vão encontrar o seu carro.

– Ir embora *agora*, meu velho?

– Fique uma semana em Atlantic City ou em Montreal.



Ele não quis pensar na minha sugestão. Não podia, de modo algum, deixar Daisy antes de saber o que ela ia fazer. Estava se agarrando a uma última esperança, e eu não era capaz de lhe abrir os olhos para que a soltasse.

Foi nessa noite que ele me contou a estranha história da sua juventude com Dan Cody. Fez isso porque "Jay Gatsby" havia se estilhaçado como vidro diante da dura maldade de Tom, e a longa extravagância secreta havia terminado. Acho que naquele momento ele teria confessado qualquer coisa, sem reservas, mas queria falar sobre Daisy.

Ela fora a primeira moça "fina" que ele conhecera. Embora tivesse entrado em contato com pessoas da classe dela, uma vez que se envolvera nas mais diversas atividades, sempre havia entre ele e essas pessoas uma cerca invisível de arame farpado. Achou-a incrivelmente desejável. Foi até a casa dela, a princípio com outros oficiais de Camp Taylor e depois sozinho. A casa o impressionou – até então não conhecera nenhuma outra tão linda. Mas o que lhe dava um ar de intensidade emocionante era o fato de Daisy morar ali – ela era para Daisy uma coisa tão banal quanto era para ele a tenda do acampamento. Um consumado mistério a envolvia, uma sugestão de que os quartos do andar de cima eram mais lindos e agradáveis que quaisquer outros quartos, de que atividades alegres e radiantes aconteciam nos seus corredores, de que havia ali romances frescos, vivos e cheirando aos carros brilhantes do ano e aos bailes cujas flores ainda não haviam murchado, e não romances mofados e guardados com lavanda. Saber que muitos homens já haviam amado Daisy também o estimulava – aumentava aos olhos dele o seu valor. Ele sentia a presença desses homens por toda a casa, impregnando o ar com as sombras e os ecos de emoções ainda vibrantes.



Mas ele sabia que estava na casa de Daisy graças a um colossal acidente. Por mais glorioso que viesse a ser o seu futuro como Jay Gatsby, no momento ele era um jovem pobretão sem passado, e a qualquer hora o disfarce invisível do seu uniforme poderia lhe escorregar dos ombros. Assim, ele aproveitava ao máximo o tempo. Arrebatava o que lhe era possível arrebatar, voraz e inescrupulosamente – e por fim, em uma calma noite de outubro, arrebatou Daisy. Arrebatou-a, sim, porque não tinha nenhum direito real de tocar-lhe a mão.

Ele poderia ter se desprezado, pois certamente a havia arrebatado simulando uma situação. Não estou querendo dizer que Gatsby usou os seus milhões fictícios para seduzi-la, mas ele se aplicou em transmitir a Daisy uma impressão de segurança; deixou-a acreditar que pertencia à mesma camada social dela – que era plenamente capaz de cuidar dela. Na verdade ele não dispunha daquelas facilidades – não tinha atrás de si uma família em ótima situação econômica e estava sujeito aos caprichos de um governo impessoal que poderia mandá-lo para qualquer parte do mundo.

Mas ele não se desprezou, e as coisas não evoluíram do modo que imaginara. Tendo pretendido, provavelmente, arrebatar o que pudesse e ir embora, ele acabou descobrindo que se entregara à busca de um graal. Sabia que Daisy era extraordinária, mas não percebeu até onde uma moça "fina" podia ser extraordinária. Ela desapareceu na sua casa opulenta, na sua vida opulenta, plena, deixando Gatsby... sem nada. Ele se sentia casado com ela, isso era tudo.



Quando voltaram a se encontrar, dois dias depois, foi Gatsby que ficou sem fôlego, que se sentiu, de certo modo, traído. O alpendre cintilava com o luxo do brilho comprado; o vime do sofá rangeu elegantemente quando ela voltou o rosto para ele e ele beijou sua boca adorável e curiosa. Ela estava resfriada, com a voz ainda mais rouca e encantadora, e quase como uma epifania Gatsby percebeu a juventude e o mistério que a riqueza aprisiona e preserva, o frescor de um guarda-roupa bem provido, e Daisy, brilhando como prata, segura e orgulhosa acima das árduas lutas dos pobres.

* * *

– Não posso lhe dizer como fiquei surpreso ao descobrir que a amava, meu velho. Cheguei até a esperar por algum tempo que ela me dispensasse, mas ela não fez isso, porque também estava apaixonada por mim. Achava que eu era inteligente porque sabia coisas diferentes das que ela conhecia... Bom, lá estava eu, distante das minhas ambições, apaixonando-me ainda mais a cada minuto, e de repente eu não me importava. Para que fazer coisas grandiosas se eu podia ter mais prazer contando a ela o que ia fazer?

Na última tarde antes do seu embarque ele se sentou por um bom tempo com Daisy nos braços, em silêncio. Era um dia frio de outono; a lareira fora acesa na sala, e as faces dela estavam afogueadas. De vez em quando ela se mexia, e ele mudava um pouco a posição do braço, e em um dado momento beijou seu cabelo escuro e brilhante. A tarde os aquietara por algum tempo, como se querendo lhes deixar uma lembrança vívida para a longa separação que começaria no dia seguinte. Eles nunca haviam estado tão próximos durante aquele mês de amor, tampouco tinham se comunicado com mais profundidade do que no momento em que ela roçou os lábios silenciosos no ombro do seu paletó ou quando ele tocou a ponta dos dedos dela, suavemente, como se ela estivesse dormindo.



Ele se saiu extraordinariamente bem na guerra. Tornou-se capitão antes de ir para a linha de frente, e pela sua atuação na batalha de Argonne foi feito major, assumindo o comando das metralhadoras da divisão. Depois do armistício ele tentou por todos os meios voltar para casa, mas, por alguma complicação ou mal-entendido, acabou indo para Oxford. Então ficou preocupado: havia um quê de desespero nervoso nas cartas de Daisy. Ela não via motivo para tanta delonga. Estava captando em torno de si a pressão do mundo e queria vê-lo e sentir a sua presença, e queria ter segurança de estar fazendo o que era certo, afinal.

Pois Daisy era jovem, e seu mundo artificial trescalava a orquídeas, com um esnobismo agradável, divertido, e orquestras que apresentavam o ritmo do ano, resumindo em músicas recentes a tristeza e as promessas da vida. Toda noite os saxofones gemiam o comentário desesperançado de *Beale Street Blues* enquanto uma centena de pares de sapatos dourados e prateados se arrastava na poeira brilhante. Na hora cinzenta do chá havia sempre salas que pulsavam incessantemente com aquela agradável febrezinha enquanto rostos frescos vagavam aqui e ali como pétalas de rosa que melancólicas trompas sopravam pelo chão.



No início da temporada Daisy passou a circular novamente naquele universo crepuscular; voltou de repente a ter no mesmo dia meia dúzia de encontros com meia dúzia de rapazes e ia dormir ao romper da aurora, deixando no chão, ao pé da cama, o colar, o vestido de chiffon e orquídeas agonizantes. E durante todo o tempo algo dentro dela reclamava aos gritos uma decisão. Ela queria que sua vida fosse moldada logo, imediatamente – e a decisão precisava ser motivada por alguma força – amor, dinheiro, algum aspecto prático inquestionável – ao seu alcance.

Essa força tomou forma no meio da primavera com a chegada de Tom Buchanan. Sua pessoa e sua posição tinham uma estatura saudável, e Daisy se sentiu lisonjeada. Sem dúvida houve uma certa luta e um certo alívio. Gatsby recebeu a carta quando ainda estava em Oxford.

Já raiava o dia em Long Island, e nós fomos abrir o resto das janelas do andar térreo, enchendo a casa de uma luz cinza-cambiante e depois cobre-cambiante. A sombra de uma árvore se projetou abruptamente sobre o gramado úmido, e pássaros fantasmais começaram a cantar entre as folhas azuis. Havia no ar um movimento lento, agradável, quase um vento, prometendo um dia fresco, encantador.



– Não acredito que ela o tenha amado algum dia. – Gatsby, à janela, virou-se e me olhou com uma expressão desafiadora. – Você deve se lembrar, meu velho, que ela estava muito agitada naquela hora. Ele lhe disse tudo aquilo de um jeito que a amedrontou – que me fez parecer um escroque barato. E o resultado foi que ela nem sabia o que estava dizendo.

Ele se sentou com um ar soturno.

– Pode ser que ela o tenha amado por um único minuto, é claro, quando eles eram recém-casados – e me amando ainda mais durante esse minuto, você me entende?

De repente ele fez um comentário curioso.

– De qualquer forma – disse ele –, foi uma coisa pessoal.

O que eu devo concluir disso, fora a possibilidade de que a intensidade com que ele concebia o caso não podia ser mensurada?

Ele voltou da França quando Tom e Daisy ainda estavam em lua de mel, e não pôde deixar de fazer uma desconsolada viagem a Louisville usando o que lhe restava do seu soldo no exército. Ficou lá durante uma semana, caminhando pelas ruas onde os passos dos dois haviam soado juntos pela noite de novembro e revisitando os lugares retirados aonde tinham ido no carro branco de Daisy. Do mesmo modo como a casa dela sempre lhe parecera mais misteriosa e alegre que as outras, assim também a própria ideia que ele tinha da cidade estava impregnada de uma beleza melancólica, embora ela já não estivesse mais lá.

Foi embora sentindo que se tivesse procurado com mais empenho a teria encontrado; que a estava deixando para trás. O vagão comum – ficara agora sem dinheiro e não podia pagar um leito – estava quente. Ele saiu para a área externa e se sentou em uma cadeira de dobrar; a estação deslizou para longe, e fundos de construções desconhecidas passaram ao lado. Depois eles estavam em campos primaveris, onde durante um minuto um trólebus emparelhou com o trem, levando pessoas que alguma vez, em uma rua qualquer, talvez tivessem visto a alvura mágica do rosto dela.



Depois de uma curva dos trilhos o trem começou a se afastar do sol, que ao descer no céu parecia se espalhar, abençoando a cidade já quase desaparecida onde ela havia vivido. Ele estendeu a mão em desespero, como se quisesse agarrar apenas um pouquinho de ar, para guardar um fragmento do lugar que se tornara encantador por causa dela. Mas agora tudo passava rápido demais para os seus olhos enevoados, e ele sabia que tinha perdido parte de tudo aquilo – a melhor e a mais pura – para sempre.

Eram nove horas quando terminamos de tomar o café da manhã e fomos para o alpendre. A noite mudara bruscamente o clima, e havia no ar um cheiro de outono. O jardineiro, único remanescente dos antigos empregados de Gatsby, chegou ao pé da escada.

– Estou pensando em esvaziar a piscina hoje, senhor Gatsby. Logo as folhas vão começar a cair, e vai haver problema nos canos.

– Não faça isso hoje – respondeu Gatsby. Ele se voltou para mim, como se estivesse se desculpando. – Sabe, meu velho, que eu não cheguei a usar a piscina neste verão?

Olhei o relógio e me levantei.

– Faltam doze minutos para o meu trem.

Eu não queria ir para a cidade. Não estava em condições de trabalhar decentemente, mas não era só isso – eu não queria deixar Gatsby. Perdi aquele trem e depois outro, antes de conseguir me afastar.



– Vou ligar para você – disse eu finalmente.

– Sim, faça isso, meu velho.

– Ligo mais ou menos ao meio-dia.

Descemos lentamente a escada.

– Imagino que a Daisy vá ligar também. – Ele olhou para mim, ansioso, como se esperasse uma confirmação.

– Acho que sim.

– Bom, até logo.

Apertamo-nos as mãos, e eu me fui. Mas logo antes de chegar à cerca me lembrei de algo e me virei.

– Eles não prestam – gritei através do gramado. – Você vale mais que toda essa gente podre junta.

Ter dito isso é algo que sempre me deixou satisfeito. Foi o único cumprimento que lhe fiz, pois eu o desaprovava desde o início até o final. Ele assentiu educadamente com a cabeça e depois seu rosto abriu aquele sorriso radiante e compreensivo, como se durante todo o tempo tivéssemos estado em conluio extático quanto a isso. O vistoso cor-de-rosa do seu terno – que quase não se podia reconhecer como a mesma roupa com que ele chegara à casa de Daisy – formava uma mancha luminosa sobre os degraus brancos, e eu pensei na noite em que fora pela primeira vez à sua casa "de época", três meses antes. O gramado e a entrada de carros estavam então tomados pelos rostos de pessoas que aventavam suposições sobre a sua corrupção – e ele havia ficado de pé naqueles degraus, ocultando o seu sonho incorruptível, enquanto lhe acenávamos nosso adeus. 

Agradeci-lhe a hospitalidade. Estávamos sempre a lhe agradecer por ela – eu e todos os outros.

– Até logo – disse eu. – Gostei do café da manhã, Gatsby.

Na cidade, tentei durante algum tempo relacionar as cotações de uma quantidade interminável de títulos, depois adormeci na minha cadeira giratória. Pouco antes do meio-dia o telefone tocou, e eu acordei sobressaltado, com o suor a me escorrer pela testa. Era Jordan Baker; ela sempre me ligava nessa hora porque a incerteza quanto aos seus deslocamentos entre hotéis, clubes e casas particulares dificultava a sua localização por qualquer outro modo. Normalmente sua voz ao telefone era vigorosa e fresca, como se um torrão do gramado verde de um campo de golfe tivesse entrado pela janela da minha sala, mas naquela manhã parecia áspera e seca.

– Não estou mais na casa da Daisy – disse ela. – Estou em Hempstead, e vou para Southampton esta tarde.

Provavelmente havia sido por uma questão de tato que ela saíra da casa de Daisy, mas isso me aborreceu, e o comentário que ela fez a seguir me deixou rígido.

– Ontem à noite você não foi muito amável.

– Que importância isso poderia ter naquelas circunstâncias?

Silêncio durante algum tempo. Depois:

– Apesar disso... eu quero ver você.

– Eu também quero ver você.



– E se eu não viajar para Southampton e for para a cidade à tarde?

– Não... Acho que esta tarde não.

– Tudo bem.

– Esta tarde é impossível. Várias...

Conversamos assim durante algum tempo, e então, de repente, já não estávamos mais falando. Não sei quem foi que desligou com um rápido clique, mas sei que não me importei. Mesmo se por alguma razão estivesse ciente de que aquela seria a nossa última conversa, naquele dia eu não poderia ter conversado com ela em uma mesa de chá.

Liguei para a casa de Gatsby alguns minutos depois, mas a linha estava ocupada. Tentei outras três vezes, e finalmente uma telefonista exasperada me disse que a linha estava sendo mantida aberta à espera de uma ligação de Detroit. Consultei meu horário de trens e assinalei o das três e meia. Depois me recostei na cadeira e tentei pensar. Era exatamente meio-dia.

Naquela manhã, quando o trem se aproximava dos montes de cinza, eu havia passado propositalmente para o outro lado do vagão. Imaginei que durante todo o dia haveria no local do acidente uma multidão de curiosos, com menininhos procurando manchas escuras na poeira da estrada e algum tagarela relatando repetidas vezes o que havia acontecido, até que o fato lhe parecesse cada vez menos real e ele fosse incapaz de continuar falando, e o trágico feito de Myrtle Wilson fosse esquecido. Agora quero retroceder um pouco e contar o que aconteceu na oficina depois que saímos de lá na noite anterior.



Foi difícil localizarem a irmã de Myrtle, Catherine. Naquela noite ela deve ter transgredido sua regra contra as bebidas, porque chegou lá idiotizada pelo álcool, incapaz de entender que a ambulância já havia ido para Flushing. Quando a convenceram disso, ela imediatamente desmaiou, como se a parte intolerável do caso fosse essa. Alguém, bondoso ou curioso, levou-a de carro para procurar o corpo da irmã.

Até bem depois da meia-noite uma aglomeração foi se renovando diante da porta da oficina enquanto lá dentro George Wilson se balançava para a frente e para trás no sofá. Durante algum tempo a porta do seu escritório ficou aberta, e todos os que entravam na oficina obedeciam ao impulso irresistível de pôr a cabeça para dentro da porta e dar uma olhada nele. Finalmente alguém disse que aquilo era uma vergonha e fechou a porta. Michaelis e alguns outros homens estavam com ele; primeiro quatro ou cinco homens; depois dois ou três. Mais tarde Michaelis teve de pedir ao último estranho que esperasse ali mais quinze minutos para ele poder ir até o seu estabelecimento fazer um pouco de café. Depois disso ficou ali sozinho com Wilson até o amanhecer.

Por volta das três horas a incoerência do balbucio de Wilson sofreu uma mudança – ele se acalmou um pouco e começou a falar em um carro amarelo. Anunciou que havia um jeito de descobrir de quem era o carro amarelo, e então falou inadvertidamente que dois meses antes sua mulher tinha voltado da cidade com o rosto machucado e o nariz inchado.



Mas ao se ouvir falando isso ele recuou e recomeçou a gritar "Ah, meu Deus!" com a sua voz queixosa. Michaelis tentou desajeitadamente distraí-lo.

– Vocês foram casados por quanto tempo, George? Vamos, tente ficar quieto por um minuto e responder à minha pergunta. Por quanto tempo vocês foram casados?

– Doze anos.

– Nunca tiveram filhos? Vamos, George, fique quieto. Eu perguntei uma coisa. Vocês nunca tiveram filhos?

Besouros marrons chocavam-se sem parar contra a lâmpada fraca, e sempre que um carro passava em alta velocidade na estrada o ruído soava aos ouvidos de Michaelis como o daquele que horas atrás não havia parado. Ele não gostava de entrar na oficina porque a bancada onde ficara o corpo estava manchada, e, assim, permanecia no escritório, deslocando-se contrafeito de um lado para outro – antes de amanhecer já conhecia todos os objetos que estavam ali – e de vez em quando sentando-se ao lado de Wilson para tentar acalmá-lo um pouco.

– Tem alguma igreja que você frequente às vezes, George? Mesmo que você não vá lá há muito tempo. Quem sabe eu ligo para a igreja e peço para um padre vir aqui conversar com você...

– Eu não pertenço a nenhuma igreja.

– A gente precisa ter uma igreja, George, para quando acontece uma coisa dessas. Você deve ter ido à igreja uma vez. Você não casou em uma igreja? Preste atenção, George. Vocês não casaram em uma igreja?



– Isso foi muito tempo atrás.

O esforço despendido para responder perturbou o ritmo do seu balanço, e ele ficou em silêncio por um momento. Depois seus olhos sem brilho voltaram a refletir um estado meio consciente, meio aturdido.

– Olhe ali na gaveta – disse ele, apontando para a escrivaninha.

– Qual gaveta?

– Aquela... aquela ali.

Michaelis abriu a gaveta mais próxima da sua mão. Não havia nada ali, fora uma correia de cachorro pequena e cara, feita de couro e prata trançada. Parecia nova.

– Isto? – indagou ele segurando-a com o braço erguido.

Wilson olhou e meneou a cabeça afirmativamente.

– Eu encontrei isso ontem à tarde. Ela tentou me explicar a história, mas estava escondendo alguma coisa estranha, acho.

– Você quer dizer que a sua mulher comprou isto?

– Estava embrulhada em papel de seda na cômoda dela.

Michaelis não via nada de estranho naquilo, e deu a Wilson uma dezena de razões pelas quais sua mulher poderia ter comprado a correia. Mas provavelmente Wilson já tinha ouvido antes algumas daquelas mesmas explicações, dadas por Myrtle, porque recomeçou a sussurrar "Ah, meu Deus!" – e seu acompanhante consolador deixou no ar várias outras explicações.

– Então ele matou a minha mulher – disse Wilson. E de repente seu queixo caiu.



– Quem matou?

– Eu tenho um jeito de descobrir.

– Você está sendo mórbido, George – protestou o amigo. – É muita tensão, e você não sabe o que está falando. Melhor tentar ficar sentado aí até de manhã sem falar nada.

– Ele matou a Myrtle.

– Foi um acidente, George.

Wilson balançou a cabeça. Apertou os olhos e abriu ligeiramente a boca com o fantasma de um "Hum!" dito em tom superior.

– Eu sei – disse ele decidido. – Eu sou um desses sujeitos que confiam nos outros e não fazem mal a *ninguém*, mas quando fico sabendo de alguma coisa, eu sei. Foi o homem daquele carro. Ela correu para falar com ele, e ele não parou.

Michaelis também tinha visto isso, mas não lhe ocorrera algum significado especial para o fato. Ele achava que a sra. Wilson tinha corrido do marido, e não que ela pensasse em parar um carro específico.

– Por que você acha que ela queria fazer isso?

– Ela é esperta – disse Wilson, como se isso respondesse à pergunta. – Ahhh...

Ele começou a se balançar novamente, e Michaelis ficou torcendo a correia na mão.

– Você não tem algum amigo a quem eu possa telefonar, George?

Era uma esperança vã – Michaelis estava quase certo de que Wilson não tinha amigos; pois a própria mulher o absorvia demasiadamente. Pouco depois, ficou satisfeito quando percebeu uma mudança no escritório, um azul ganhando vida na janela, e viu que o amanhecer não estava muito longe. Por volta das cinco horas o azul que havia lá fora já era bastante para apagar a luz.



Os olhos vidrados de Wilson se voltaram para os montes de cinza, onde nuvenzinhas cinzentas assumiam formas fantásticas e se moviam velozmente aqui e ali ao vento fraco da aurora.

– Eu falei com ela – murmurou ele depois de um longo silêncio. – Falei para ela que ela podia me enganar mas não podia enganar Deus. Fiz ela ir até a janela – ele se levantou com esforço, foi até a janela de trás e se inclinou, com o rosto encostado no batente – e disse para ela: "Deus sabe o que você anda fazendo, tudo o que você anda fazendo. Você pode me enganar, mas não pode enganar a Deus!

De pé atrás dele, Michaelis chocou-se ao ver que Wilson estava olhando para os olhos do dr. T. J. Eckleburg, que com a dissipação da noite tinham acabado de surgir, claros e enormes.

– Deus vê tudo – repetiu Wilson.

– Aquilo é um anúncio – garantiu-lhe Michaelis. Algo o fez afastar-se da janela e olhar para o escritório. Mas Wilson ainda continuou ali por muito tempo, com o rosto próximo do vidro, balançando a cabeça na semiobscuridade.

Às seis horas Michaelis estava exaurido e agradecido pelo som de um carro que parou lá fora. Era um dos homens que haviam estado lá na noite anterior e prometera voltar, e assim ele fez café da manhã para três, que ele e o outro homem tomaram juntos. Wilson já estava mais tranquilo e Michaelis foi para casa dormir; quando acordou, quatro horas depois, e correu para a oficina, Wilson tinha ido embora.



Seus movimentos – ele estava a pé durante todo o tempo – foram posteriormente rastreados até Port Roosevelt e depois até Gad's Hill, onde ele comprou um sanduíche que ficou intocado e uma xícara de café. Devia estar cansado e andando a passos lentos, porque só chegou a Gad's Hill ao meio-dia. Até então não houve dificuldade em reconstituir o emprego do seu tempo – três garotos tinham visto um homem "que parecia doido", e alguns motoristas notaram que ele os olhara de modo estranho do outro lado da estrada. Depois ninguém mais o viu durante três horas. A polícia, com base no que ele havia dito a Michaelis – que "tinha um modo de descobrir" –, supôs que ele teria passado esse tempo indo a todas as oficinas existentes por ali, perguntando por um carro amarelo. Por outro lado, em nenhuma oficina disseram que o haviam visto, e talvez ele tivesse um meio mais fácil e garantido de descobrir o que queria saber. Às duas e meia ele estava em West Egg, e ali perguntou a alguém onde era a casa de Gatsby. Portanto, àquelas alturas ele já sabia o nome de Gatsby.

Às duas horas Gatsby vestiu seu calção de banho e recomendou ao mordomo que lhe avisasse na piscina caso alguém ligasse. Parou na garagem para pegar um colchão inflável que havia divertido os convidados durante o verão, e o motorista o ajudou a enchê-lo. Depois deu instruções para que em hipótese alguma levassem para fora o carro conversível – o que era estranho, porque o para-lama dianteiro direito precisava ser desamassado.



Gatsby pousou no ombro o colchão e foi para a piscina. Deteve-se uma vez e mudou um pouco a posição do colchão, e o motorista perguntou se ele queria ajuda, mas ele fez com a cabeça um sinal negativo e logo desapareceu entre as árvores que começavam a amarelecer.

Não houve nenhum telefonema, mas o mordomo ficou sem dormir e esperou pela ligação até às quatro horas – até bem depois de haver alguém a quem comunicar, se a ligação tivesse ocorrido. Tenho impressão de que o próprio Gatsby não acreditava que ela ocorreria, e talvez não se importasse mais. Se isso é verdade, ele deve ter sentido que havia perdido o velho e caloroso mundo, que pagara um alto preço por viver com um único sonho por um tempo longo demais. Deve ter erguido o olhar para um céu desconhecido que aparecia entre folhas aterrorizadoras; e deve ter estremecido ao descobrir que coisa grotesca é uma rosa e como era rude a luz do sol sobre o gramado que mal brotara. Um mundo novo, material sem ser real, onde pobres fantasmas, que respiravam sonhos em vez de ar, andavam à deriva... como aquela figura fantástica, cinzenta, que deslizava na sua direção entre árvores amorfas.

O motorista – era um dos afilhados de Wolfshiem – ouviu os tiros. Depois pôde dizer apenas que na hora não lhe havia ocorrido nada. Dirigi da estação diretamente para a casa de Gatsby, e minha corrida ansiosa ao subir a escada da frente foi a primeira coisa que alarmou as pessoas. Mas eles já sabiam, acredito firmemente. Mal chegando a dizer uma palavra, nós quatro, o motorista, o mordomo, o jardineiro e eu, nos precipitamos para a piscina.



Havia um leve, quase imperceptível movimento da água da piscina, gerado pelo fluxo que vinha do cano de entrada em direção ao ralo de escoamento. Suavíssimas ondulações movimentavam o colchão irregularmente pela piscina. Um vento um pouco mais forte, que mal encrespou a superfície da água, bastou para perturbar o curso acidental do colchão com sua carga acidental. O toque de um punhado de folhas o fez girar lentamente, traçando na água, como a perna de um compasso, um fino círculo vermelho.

Quando levávamos Gatsby para dentro de casa o jardineiro viu o corpo de Wilson um pouco afastado no gramado, e então o holocausto se completou.

# 9

Passados dois anos, ainda me lembro do resto daquele dia e da noite, e do dia seguinte, como apenas uma interminável sucessão de policiais, fotógrafos e repórteres que entravam e saíam pela porta da casa de Gatsby. Uma corda estendida de um lado a outro do portão principal e um policial postado ali mantinham à distância os curiosos, mas as crianças logo descobriram que era possível entrar pelo meu jardim, e havia sempre uma meia dúzia delas parada boquiaberta perto da piscina. Alguém com um jeito decidido, talvez um detetive, usou a expressão "maluco" ao se curvar sobre o corpo de Wilson naquela tarde, e a estranha autoridade da sua voz deu o tom para as notícias dos jornais na manhã seguinte.

Quase todas essas notícias eram um pesadelo – grotescas, com detalhes dispensáveis, cheias de animação e inverídicas. Quando o testemunho de Michaelis no inquérito revelou as suspeitas que Wilson tinha em relação à mulher, eu imaginei que a história logo nos seria servida em uma vibrante pasquinada – mas Catherine, que poderia ter contado alguma coisa, não disse palavra. Demonstrou com relação ao caso uma surpreendente força de caráter: sob as sobrancelhas redesenhadas, encarou o investigador com olhos determinados e jurou que a irmã nunca havia visto Gatsby, que a irmã era absolutamente feliz com o marido, que a irmã jamais o traíra. Ela se convenceu disso, e chorava por trás do lenço como se aquela mera insinuação lhe fosse insuportável. Isso fez Wilson ser reduzido a um homem "perturbado pelo sofrimento", para que pudessem classificar o crime na categoria mais simples. E assim foi.

Mas toda essa parte do caso me parecia remota e secundária. Eu me vi do lado de Gatsby, e sozinho. A partir do momento em que telefonei para o povoado de West Egg comunicando a catástrofe, todas as suposições sobre ela e todas as questões práticas foram dirigidas a mim. Inicialmente fiquei surpreso e confuso; depois, com Gatsby jazendo na sua casa sem se mexer, respirar ou falar, hora após hora, comecei a perceber que eu era o responsável, porque ninguém estava interessado – quer dizer, interessado com o intenso interesse pessoal ao qual todos têm algum vago direito no final.



Liguei para Daisy meia hora depois que o encontramos; liguei instintivamente e sem hesitação. Mas ela e Tom haviam viajado no começo da tarde levando bagagem.

– Não deixaram nenhum endereço?

– Não.

– Disseram quando vão voltar?

– Não.

– Você tem alguma ideia de onde eles estão? Como é que eu posso encontrar os seus patrões?

– Não sei. Não posso dizer.

Eu queria conseguir alguém para velar o corpo. Queria entrar na sala onde ele estava e tranquilizá-lo: "Vou arranjar alguém, Gatsby. Não se preocupe. Confie em mim; eu vou arranjar alguém para você".

O nome de Meyer Wolfshiem não estava no catálogo telefônico. O mordomo me deu o endereço dele na Broadway, e eu liguei para Informações, mas quando consegui o número já eram bem mais de cinco horas, e ninguém respondeu à minha ligação.

– Pode tentar de novo?

– Já liguei três vezes.

– É muito importante.

– Sinto muito, mas não deve ter ninguém lá.



Voltei à sala de estar e pensei por um instante que todos aqueles policiais que subitamente a haviam tomado eram visitantes fortuitos. Mas, embora eles afastassem o lençol e fitassem Gatsby com olhos chocados, o protesto dele continuava na minha cabeça:

"Escute aqui, meu velho, você precisa arranjar alguém para ficar comigo. Precisa tentar para valer. Eu não posso suportar isso sozinho."

Alguém começou a me fazer perguntas, mas eu saí da sala e no quarto dele procurei apressadamente nas partes não chaveadas da escrivaninha – ele nunca me dissera que seus pais já eram mortos. Contudo, não encontrei nada – apenas a foto de Dan Cody, uma lembrança de violências esquecidas, me fitando da parede.

Na manhã seguinte mandei o mordomo a Nova York com uma carta para Wolfshiem solicitando informações e pedindo-lhe que viesse no próximo trem. O pedido me pareceu supérfluo quando o escrevi. Eu tinha certeza de que ao ver a notícia nos jornais ele viria, exatamente como tinha certeza de que antes da tarde chegaria um telegrama de Daisy – mas nem o telegrama nem o sr. Wolfshiem chegaram; ninguém chegou, a não ser mais policiais, fotógrafos e repórteres. Quando o mordomo trouxe de volta a resposta de Wolfshiem, comecei a ter um sentimento de desafio, de solidariedade desdenhosa entre mim e Gatsby contra todos eles.

"Caro sr. Carraway:

Esse foi um dos choques mais terríveis que tive na vida, e mal acredito que possa ser verdade. Um ato louco como o cometido por esse homem deveria levar todos nós a pensar. Estou impossibilitado de ir velá-lo porque me prende aqui um caso muito importante, e não devo me envolver nisso agora. Se há algo que eu possa fazer um pouco depois, me comunique em uma carta endereçada a Edgar. Eu nem sei direito onde me encontro, depois do acontecido, e estou totalmente arrasado.

Atenciosamente,
Meyer Wolfshiem"



E acrescentou apressadamente, mais abaixo:

"Avise-me sobre o funeral etc. Não conheço ninguém da família dele."

Quando o telefone tocou naquela tarde e a telefonista disse que Chicago estava chamando, achei que finalmente seria Daisy. Mas ao completarem a ligação o que ouvi foi uma voz masculina muito distante.

– Aqui é o Slagle...

– Sim? – Eu não conhecia aquele nome.

– Que coisa danada, hein? Você recebeu o meu telegrama?

– Não chegou nenhum telegrama.

– O Parke, o garoto, está em dificuldade – disse ele rapidamente. – Ele foi apanhado vendendo títulos no balcão. Eles conseguiram uma circular de Nova York que forneceu os números exatamente cinco minutos antes. O que é que você sabe sobre isso, hein? Nessas cidades caipiras nunca se sabe o que pode acontecer...



– Alô! – interrompi ofegante. – Escute aqui: não é o senhor Gatsby. O senhor Gatsby morreu.

Houve um longo silêncio do outro lado da linha, seguido de uma exclamação... depois um breve grito logo antes de desligarem o telefone.

Acho que já era o terceiro dia quando chegou de uma cidade de Minnesota um telegrama assinado por Henry C. Gatz. Dizia apenas que o remetente estava partindo imediatamente, e que o sepultamento devia esperar até a sua chegada.

Era o pai de Gatsby, um velho solene, muito indefeso e consternado, embrulhado em um casacão barato apesar do dia quente de setembro. Tinha os olhos úmidos de emoção, e quando peguei de suas mãos a valise e o guarda-chuva, ele começou a puxar com tal insistência a escassa barba grisalha que tive dificuldade em tirar o seu casaco. Estava prestes a desmoronar, de modo que o levei à sala de música e o fiz sentar-se enquanto pedi algo para ele comer. Mas ele não tocou na comida, e sua mão trêmula fez o leite respingar do copo.

– Vi no jornal de Chicago – disse ele. – Estava tudo no jornal de Chicago. Vim para cá o mais rápido que pude.

– Não consegui saber onde encontrar o senhor.

Seus olhos, sem ver nada, esquadrinhavam incessantemente a sala.

– Era um louco – disse ele. – Devia ser louco.

– O senhor não quer um pouco de café? – insisti.



– Não quero nada. Eu agora estou bem, senhor...

– Carraway.

– Bom, eu estou bem agora. Onde puseram o Jimmy?

Eu o levei até a sala de estar, onde seu filho fora colocado, e o deixei lá. Alguns meninos tinham subido a escada e estavam olhando para o vestíbulo; quando lhes disse quem tinha chegado, eles se afastaram relutantemente.

Pouco depois o sr. Gatz abriu a porta e saiu, de boca aberta, o rosto ligeiramente vermelho, os olhos marejando lágrimas isoladas e descompassadas. Havia chegado a uma idade em que a morte não tem mais o caráter de uma surpresa apavorante, e então, quando olhou em torno de si pela primeira vez e viu a altura e o esplendor do vestíbulo e as aberturas para as grandes salas que dele saíam e se abriam para outras salas, sua dor começou a se misturar a um orgulho admirado. Ajudei-o a chegar a um quarto no andar de cima; enquanto tirava o casaco e o colete eu lhe disse que todas as providências tinham sido adiadas para depois da sua chegada.

– Eu não sabia o que o senhor ia querer, senhor Gatsby...

– Meu nome é Gatz.

– ... senhor Gatz. Achei que o senhor poderia querer levar o corpo para o Oeste.

Ele balançou a cabeça.

– Jimmy sempre gostou mais do Leste. Foi aqui que ele subiu na vida. O senhor era amigo do meu filho, senhor...?

– Nós éramos muito amigos.

– Ele tinha um grande futuro pela frente, o senhor sabe. Era apenas um jovem, mas tinha muita força aqui.

Num gesto comovente ele tocou a testa, e eu assenti com um meneio de cabeça.

– Se tivesse vivido, teria sido um grande homem. Um homem como James J. Hill. Teria ajudado a construir o país.

– É verdade – disse eu constrangido.

Ele remexeu na colcha bordada, tentando tirá-la da cama, e se deitou, rígido. Dormiu imediatamente.

Naquela noite uma pessoa evidentemente amedrontada ligou, e antes de dizer o nome quis saber quem era eu.

– Meu nome é Carraway – disse eu.

– Ah! – Ele pareceu aliviado. – Aqui é o Klipspringer.

Senti-me igualmente aliviado, pois a ligação era uma promessa de um outro amigo à beira da sepultura de Gatsby. Eu não queria publicar a notícia nos jornais porque isso atrairia uma multidão de curiosos, e então andei ligando para algumas pessoas. Mas era difícil encontrá-las.

– O enterro é amanhã – disse eu. – Às três horas, saindo daqui da casa. Eu gostaria que você avisasse às pessoas que podem se interessar.

– Ah, sim, eu aviso – respondeu ele apressadamente. – Não acho provável que encontre alguém, mas se encontrar, aviso.

Seu tom me deixou desconfiado.

– Mas você vem ao enterro, não é?

– Bom, vou fazer o possível. Mas eu liguei para...

– Espere um pouco – interrompi-o. – Que tal você dizer que vem?

– Bom, a verdade é que... a verdade é que eu estou em Greenwich com algumas pessoas que querem que eu fique com elas amanhã. Na verdade, vai haver uma espécie de piquenique ou algo assim. Claro que eu vou fazer o possível para viajar antes disso.



Exclamei um incontido "Ãhã!", e ele deve ter me ouvido, porque prosseguiu, nervoso:

– Estou ligando por causa de um par de sapatos que eu esqueci aí. Se não for muito incômodo, gostaria que o mordomo despachasse isso para mim. Sabe, são os meus tênis, e eu me sinto um nada sem eles. Meu endereço é: "Aos cuidados de B. F. ..."

Não ouvi nem mesmo o resto do nome, porque desliguei o telefone.

Depois disso senti uma certa vergonha por Gatsby – um cavalheiro para quem telefonei deixou subentendido que ele recebera o que merecia. Mas a culpa era minha, porque o homem era um dos que mais torciam o nariz para Gatsby quando encorajados pela bebida, e eu devia ter pensado melhor antes de ligar.

Na manhã do sepultamento fui a Nova York falar com Meyer Wolfshiem; vi que não havia outro modo de conseguir isso. Na porta que empurrei e abri, por sugestão do rapaz do elevador, havia a indicação de uma "Companhia de Holding Suástica", e inicialmente me pareceu que a sala estava deserta. Mas depois que gritei "olá" várias vezes em vão, começou uma discussão sobre uma partilha, e então uma judia encantadora apareceu em uma porta interna e me examinou com olhos negros hostis.

– Não tem ninguém aqui – disse ela. – O senhor Wolfshiem foi para Chicago.



Obviamente, a primeira parte da sua fala era mentira, porque lá dentro alguém totalmente desafinado começou a assobiar *The Rosary*.

– Por favor, diga a ele que o senhor Carraway quer vê-lo.

– Eu não posso trazê-lo de Chicago, posso?

Nesse momento uma voz, inequivocamente de Wolfshiem, gritou "Stella!" do outro lado da porta.

– Deixe o seu nome na escrivaninha – disse ela calmamente. – Eu mostro para ele quando ele voltar.

– Mas eu sei que ele está aqui.

Ela deu um passo na minha direção e, indignada, pôs as mãos nos quadris.

– Vocês, rapazes, acham que podem entrar aqui à força a qualquer hora – protestou ela muito zangada. – Nós já estamos cansados disso. Quando eu digo que ele está em Chicago, ele está em Chicago.

Mencionei Gatsby.

– Ah! – Ela olhou para mim novamente. – Por favor... Qual é mesmo o seu nome?

Ela desapareceu. Logo depois Meyer Wolfshiem estava de pé solenemente no vão da porta, estendendo as duas mãos. Levou-me até sua sala, comentando com voz respeitosa que o momento era triste para todos nós, e me ofereceu um charuto.

– Eu me lembro do dia em que o conheci – disse ele. – Era um jovem major que acabara de sair do exército e tinha o peito coberto de medalhas ganhas na guerra. Estava tão sem dinheiro que precisava continuar usando o uniforme, porque não podia comprar roupas de civil. A primeira vez que o vi foi quando ele entrou na sala de bilhar da Rua 43 e pediu um emprego. Estava sem comer fazia dois dias. "Vamos almoçar juntos", eu disse. Ele comeu em meia hora o equivalente a mais de quatro dólares.



– O senhor o iniciou nos negócios? – indaguei.

– Se eu o iniciei? Eu fiz o Gatsby.

– Ah.

– Ele não era nada quando nós nos conhecemos, estava na sarjeta. Eu o tirei de lá. Vi imediatamente que ele era um jovem com boa aparência e o comportamento de um cavalheiro, e ao me inteirar da sua passagem por Ozsford soube que ele me seria muito útil. Eu o fiz entrar para a Legião Americana, e ele tinha uma boa situação lá. Logo de saída fez um trabalho para um cliente meu em Albany. Nós atuávamos sempre muito juntos em tudo, éramos unha e carne – ele ergueu dois polpudos dedos encostados um no outro –, sempre juntos.

Fiquei pensando se essa sociedade teria incluído a transação da World's Series de beisebol em 1919.

– Agora ele está morto – disse eu depois de um momento. – Tendo sido o melhor amigo dele, eu sei que o senhor vai querer ir ao enterro esta tarde.

– Eu gostaria de ir.

– Bom, então vá.

Os pelos das narinas de Wolfshiem tremeram levemente, e ao menear a cabeça seus olhos se encheram de lágrimas.

– Não posso fazer isso; não posso me envolver nisso – disse ele.



– Não há nada em que se envolver. Agora está tudo acabado.

– Quando um homem é assassinado eu não gosto de me envolver de forma alguma. Fico longe. Na minha juventude era diferente: se um amigo meu morria, não importava como, eu ficava ali com ele até o fim. Você pode pensar que isso é sentimental, mas eu falo sério. Eu ficava com ele até o amargo fim.

Vi que por algum motivo particular ele estava determinado a não ir, e por isso me levantei.

– Você fez faculdade? – perguntou ele de repente.

Por um momento achei que ele ia sugerir alguma "gonexão", mas ele apenas balançou a cabeça e me deu um aperto de mão.

– O melhor é aprendermos a demonstrar nossa amizade por uma pessoa enquanto ela está viva, e não depois da sua morte – propôs ele. – Depois, a minha norma é deixar como está.

Quando saí do escritório, o céu tinha escurecido, e eu voltei para West Egg debaixo de chuvisco. Troquei de roupa e fui para a casa ao lado. Encontrei o sr. Gatz agitado, andando para cima e para baixo no vestíbulo. Seu orgulho pelo filho e pelas propriedades dele não parava de aumentar, e agora ele tinha uma coisa para me mostrar.

– Jimmy me mandou esta fotografia. – Com dedos trêmulos ele pegou a carteira. – Olhe aqui.

Era uma foto da casa, com o papel desgastado nos cantos e suja, mostrando que passara por muitas mãos. Ele me apontava ansiosamente todos os detalhes. – Olhe aqui! – e depois buscava a admiração nos meus olhos. Já havia mostrado a foto tantas vezes que agora ela talvez fosse mais real para ele que a própria casa.



– Jimmy mandou para mim. Acho uma fotografia muito bonita. Mostra bem a casa.

– Muito bem. O senhor tinha estado com ele ultimamente?

– Ele foi me visitar dois anos atrás e comprou para mim a casa onde eu moro hoje. Claro que quando ele foi embora de casa nós brigamos, mas agora eu vejo que havia uma razão para ele ir. Ele sabia que tinha um grande futuro pela frente. E desde que os seus negócios deram certo ele foi muito generoso comigo.

Ele pareceu relutar em guardar a foto; segurou-a por mais um minuto, demoradamente, diante dos olhos. Depois guardou de volta a carteira e tirou do bolso um exemplar todo rasgado de um livro chamado *Hopalong Cassidy*.

– Veja isso; ele tinha este livro quando era menino. Isso mostra bem como ele era.

Ele abriu o livro na última página e passou-o para mim, para que eu o visse. Na última página em branco estava escrita a palavra AGENDA e a data de 12 de setembro de 1906. E logo abaixo:

Sair da cama .......................................... 6h
Exercícios com halteres e escalada de
parede .................................................. 6h15-6h30
Estudar eletricidade etc......................... 7h15-8h15
Trabalhar................................................ 8h30-16h30
Beisebol e esportes ............................... 16h30-17h
Treinar dicção, postura e como
conseguir isso ....................................... 17h-18h
Estudar invenções necessárias............... 19h-21h



RESOLUÇÕES GERAIS

Não perder tempo com o Shafter ou o [um nome indecifrável].

Parar de fumar e de mascar chicletes.

Tomar banho dia sim, dia não.

Ler uma revista ou um livro instrutivo por semana.

Economizar 5 dólares [riscado] 3 dólares por semana.

Ser melhor para os meus pais.

– Encontrei esse livro por acaso – disse o velho. – Mostra bem como ele era, não mostra?

– Mostra, sim.

– Jimmy estava fadado a progredir. Ele sempre tomava resoluções como essas ou parecidas. O senhor notou o que ele pôs lá sobre melhorar a mente? Ele sempre foi ótimo nisso. Uma vez me disse que eu comia como um porco, e eu bati nele por causa disso.

Ele relutava em fechar o livro, lendo cada item em voz alta e depois olhando ansioso para mim. Talvez esperasse que eu copiasse a lista para o meu próprio uso.

Pouco antes das três o ministro luterano chegou de Flushing, e eu involuntariamente comecei a olhar pelas janelas, esperando outros carros. O pai de Gatsby também olhou. E com o passar do tempo e a vinda dos criados, que ficaram esperando no vestíbulo, seus olhos começaram a piscar, aflitos, e ele falou sobre a chuva em um tom preocupado, pouco firme. O ministro consultou o relógio várias vezes, o que me fez chamá-lo à parte e lhe pedir que esperasse meia hora. Mas isso de nada adiantou. Ninguém apareceu.



Por volta das cinco horas nosso cortejo de três carros chegou ao cemitério e, debaixo de um chuvisco encorpado, parou ao lado do portão – primeiro um carro fúnebre, horrivelmente negro e molhado, depois o sr. Gatz, o ministro e eu na limusine, e um pouco atrás quatro ou cinco criados e o carteiro de West Egg, na perua de Gatsby, todos eles encharcados. Quando transpusemos o portão e entramos no cemitério, eu ouvi um carro parar e depois o som de alguém chapinhando atrás de nós no chão alagado. Olhei em volta. Era o homem de óculos de coruja, que três meses antes eu encontrara na biblioteca maravilhando-se com os livros de Gatsby.

Depois daquela noite eu não o havia visto mais. Não faço ideia de como ele ficou sabendo do funeral, tampouco sei o seu nome. A chuva escorria pelas suas lentes grossas, e ele tirou os óculos e enxugou-as para ver a lona de proteção desenrolada sobre a sepultura de Gatsby.

Tentei então pensar em Gatsby por um momento, mas ele já estava longe demais e só pude me lembrar, sem ressentimento, que Daisy não mandara uma mensagem nem uma flor. Ouvi vagamente alguém murmurar: – Abençoados os mortos sobre os quais a chuva cai – e então o homem dos olhos de coruja disse com voz corajosa: – Amém para isso.

Dispersamo-nos sob a chuva, correndo para os nossos carros. Olhos de Coruja falou comigo no portão.



– Não pude ir ao velório – comentou ele.

– Ninguém pôde.

– Não diga! – Ele começou a andar. – Meu Deus, eles iam lá às centenas.

Tirou os óculos e voltou a enxugar as lentes, por fora e por dentro.

– Coitado do filho da mãe – disse ele.

Uma das lembranças mais vívidas que tenho é a da minha volta para o Oeste na época do Natal, durante os anos em que estava me preparando para entrar na faculdade e depois, como universitário. Às seis horas de uma noite de dezembro, quem morava além de Chicago encontrava na antiga e escura Estação

Union uns poucos amigos da cidade, já tomados pela alegria das férias, para se despedir deles apressadamente. Lembro-me dos casacos de pele das meninas voltando da srta. Fulana ou da srta. Beltrana, da tagarelice entrecortada pela respiração gelada e fumegante, das mãos acenando muito alto quando víamos velhos conhecidos, da troca de convites: "Você vai aparecer lá nos Ordway?, nos Hersey?, nos Schultze?", e dos compridos bilhetes verdes que agarrávamos com as mãos enluvadas. E, por fim, dos vagões amarelos e sombrios da ferrovia de Chicago, Milwaukee e St. Paul, que nos trilhos ao lado da estação pareciam tão animados quanto o próprio Natal.

Quando imergíamos na noite hibernal e a verdadeira neve, a nossa neve, começava a se estender ao lado do trem e a cintilar contra as janelas enquanto as luzes mortiças das estaçõezinhas de Wisconsin iam ficando para trás, subitamente o ar cortante nos dava uma fantástica impressão de segurança. Nós o aspirávamos profundamente ao voltar do jantar enfrentando o frio entre um vagão e outro, inexprimivelmente cônscios, durante um momento invulgar, da nossa identidade com aquela região, antes de voltar a nos dissolver indistinguivelmente nela.

Esse é o meu Meio-Oeste – não o trigo, as pradarias ou as esquecidas cidades suecas, mas as emocionantes viagens de volta da minha juventude, as luzes das ruas, os sinos dos trenós na escuridão glacial e as sombras de coroas de azevinho lançadas sobre a neve pelas janelas iluminadas. Sou parte disso, um pouco cerimonioso pela influência dos longos invernos, um pouco complacente por crescer na residência dos Carraway, em uma cidade onde as casas ainda são chamadas, década após década, pelo nome de uma família. Hoje eu vejo que esta história foi afinal de contas uma história do Oeste – Tom e Gatsby, Daisy e Jordan e eu, todos nós éramos do Oeste, e talvez tivéssemos em comum uma deficiência que nos tornou sutilmente inadaptáveis à vida no Leste.

Mesmo quando eu estava mais entusiasmado com o Leste, mesmo quando sentia com mais agudeza a sua superioridade em relação às cidades tediosas, esparramadas e pomposas que ficam além das margens do Ohio, com as suas intermináveis inquisições que poupavam apenas as crianças e os muito velhos, mesmo então essa região sempre teve para mim um quê de distorção. West Egg, sobretudo, ainda surge nos meus sonhos mais fantásticos. Vejo-a como uma cena noturna de El Greco: uma centena de casas, a um tempo convencionais e absurdas, acachapadas sob um céu lúgubre e uma lua sem brilho. No primeiro plano, quatro homens solenes de traje a rigor caminham pela calçada, levando numa padiola uma mulher bêbada vestida de branco, também a rigor. A mão dela, caída para o lado, cintila com joias frias. Os homens estão entrando numa casa – a casa errada. Mas ninguém sabe o nome da mulher, e ninguém se importa.



Depois da morte de Gatsby, era assim que o Leste sempre estava na minha mente, distorcido além do poder de correção dos meus olhos. Por isso, quando o ar se impregnou da fumaça azul das folhas quebradiças e as roupas dependuradas no varal começaram a se agitar sob o vento, eu resolvi voltar para a minha terra.

Antes de ir embora, era preciso fazer uma coisa, uma coisa incômoda, desagradável, que talvez tivesse sido melhor ignorar. Mas eu estava determinado a deixar tudo em ordem, em vez de apenas confiar em que aquele mar prestativo e indiferente varreria para longe os restos que eu deixara. Vi Jordan Baker e conversei longamente sobre o que tinha acontecido entre nós e o que tinha acontecido depois comigo, e ela ficou ouvindo, absolutamente quieta, mergulhada em uma grande poltrona.

Estava com roupas de golfe, e eu me lembro de ter pensado que ela parecia uma boa ilustração, com o queixo erguido elegantemente, o cabelo da cor de uma folha de outono, o rosto com o mesmo tom dourado da mitene que repousava no seu joelho. Quando concluí, ela me disse sem comentários que estava noiva de outro homem. Duvidei disso, embora houvesse vários homens com quem ela poderia ter se casado, bastando para isso fazer um gesto de cabeça, mas fingi me surpreender. Durante apenas um minuto me perguntei se não estaria cometendo um erro, depois repensei todo o caso rapidamente e me levantei para me despedir.



– Mas você na verdade desistiu de mim – disse Jordan subitamente. – Desistiu de mim por telefone. Agora eu já não me importo nem um pouco com você, mas aquilo foi uma experiência nova para mim, e durante algum tempo eu me senti meio tonta.

Apertamo-nos as mãos.

– Ah, e você se lembra – acrescentou ela – de uma conversa que nós tivemos sobre dirigir carros?

– Não muito bem.

– Você disse que um mau motorista só estaria a salvo se não encontrasse outro mau motorista. Bom, eu encontrei outro mau motorista, não encontrei? Porque fui descuidada ao fazer uma suposição tão errada. Achei que você era uma pessoa honesta, leal. Achei que era essa a razão do seu orgulho secreto.

– Estou com trinta anos – disse eu. – Já passei cinco anos da idade em que poderia mentir para mim mesmo e chamar isso de honra.

Ela não respondeu. Zangado, meio apaixonado por ela e tremendamente pesaroso, fui embora.



Uma tarde, no final de outubro, eu vi Tom Buchanan. Caminhava na minha frente pela Quinta Avenida com aquele seu jeito alerta, agressivo, as mãos um pouco afastadas do corpo como se para repelir alguma perturbação, a cabeça virando rapidamente de um lado para outro, adaptando-se aos seus olhos inquietos. Quando abrandei o passo para evitar que emparelhássemos, ele parou e começou a franzir o cenho, olhando para a vitrine de uma joalheria. De repente me viu, então voltou e estendeu a mão.

– Qual é o problema, Nick? Tem algo contra apertar a minha mão?

– Tenho. Você sabe qual é a minha opinião a seu respeito.

– Você está louco, Nick – disse ele, tranquilo. – Completamente louco. Não sei o que está acontecendo com você.

– Tom – indaguei –, o que foi que você disse ao Wilson naquela tarde?

Ele me olhou sem nada dizer, e eu soube que estava certo na minha conjectura sobre aquelas três horas para as quais não havia explicação. Comecei a me afastar, mas ele deu um passo na minha direção e agarrou meu braço.

– Eu contei a verdade – disse ele. – Ele chegou na porta da minha casa quando nós estávamos quase prontos para viajar, e quando eu mandei dizerem que nós não estávamos em casa, ele tentou forçar a passagem pela escada. Estava furioso o suficiente para me matar se eu não tivesse lhe dito quem era o dono do carro. Segurava um revólver dentro do bolso durante todo o tempo em que esteve em casa. – Ele se interrompeu com um ar desafiador. – E daí que eu contei? Aquele sujeito atraiu isso. Jogou poeira nos seus olhos exatamente como jogou nos da Daisy, mas não prestava. Atropelou a Myrtle como se tivesse atropelado um cachorro, sem nem sequer parar o carro.



Eu não podia dizer mais nada, fora o único fato impronunciável de que aquilo não era verdade.

– E se você acha que eu não tive a minha cota de sofrimento, escute bem: quando eu fui entregar o apartamento e vi a droga daquela caixa de biscoitos no aparador, me sentei e chorei como uma criança. Meu Deus, foi horrível...

Eu era incapaz de perdoá-lo ou de gostar dele, mas vi que o que ele tinha feito era, para ele, inteiramente justificado. Tudo acontecera de forma descuidada e confusa. Eles eram pessoas descuidadas, Tom e Daisy. Arruinavam seres e coisas e depois se refugiavam no seu dinheiro ou na sua enorme negligência, ou no que quer que os mantivesse juntos, e deixavam que os outros cuidassem do estrago que haviam causado...

Troquei com ele um aperto de mãos; me pareceu tolo recusar-me a isso, porque de repente tive a impressão de estar falando com uma criança. Então ele entrou na joalheria para comprar um colar de pérolas – ou talvez um par de abotoaduras –, livre para sempre dos meus melindres provincianos.

Quando fui embora, a casa de Gatsby ainda estava vazia, com a grama tão alta quanto a minha. Um dos taxistas do povoado nunca deixava de parar durante um minuto no portão de entrada e apontar para dentro quando passava por lá com um passageiro; talvez tenha sido ele que levou Daisy e Gatsby para East Egg na noite do acidente, e talvez ele tivesse uma história muito particular para contar sobre o caso. Eu não queria ouvi-la e o evitei quando desci do trem.



Minhas noites de sábado eram passadas em Nova York, porque aquelas festas cintilantes, deslumbrantes que ele dava estavam tão vívidas em mim que eu ainda ouvia a música e os risos remotos e incessantes, e os carros subindo e descendo pela entrada de veículos da sua casa. Uma noite ouvi um carro de verdade por lá e vi seus faróis pararem diante da entrada da casa. Mas não fui saber o que era. Provavelmente algum último convidado que havia estado no fim do mundo e não sabia que a festa acabara.

Na última noite, já com meu baú fechado e o carro vendido para o merceeiro, fui até lá e observei mais uma vez a imensa decadência incoerente que era aquela casa. Na escada branca uma palavra obscena, que algum menino rabiscara com um pedaço de tijolo, se destacava claramente sob o luar, e eu a apaguei, esfregando o sapato na pedra. Então fui até a praia e me esparramei na areia.

A maioria das casas de praia estava fechada agora, e quase não se viam luzes, fora o brilho vago e móvel de uma balsa no estreito. E quando a lua subiu, as casas desnecessárias começaram lentamente a se desvanecer, até eu me dar conta daquela velha ilha que um dia floresceu para os marinheiros holandeses – um seio novo, verde, do novo mundo. Suas árvores desaparecidas, as árvores que tinham cedido lugar à casa de Gatsby, um dia condescenderam murmurantes com o último e o maior de todos os sonhos humanos; por um efêmero momento encantado, o homem deve ter sustido a respiração na presença deste continente, levado a uma contemplação estética que ele não compreendeu nem desejou, cara a cara, pela última vez na história, com algo proporcionado à sua capacidade de encantamento.

E enquanto estava sentado ali meditando sobre o velho e desconhecido mundo, pensei no encantamento de Gatsby quando viu pela primeira vez a luz verde na extremidade do embarcadouro da casa de Daisy. Ele tinha vindo de muito longe até aquele gramado azul, e seu sonho deve ter parecido tão próximo que seria difícil deixar de alcançá-lo. Não sabia que seu sonho ficara para trás, em algum lugar daquela vasta escuridão que se via além da cidade, onde os campos escuros da república se estendiam sob a noite.

Gatsby acreditava na luz verde, no futuro orgástico que ano após ano se afasta de nós. Ele nos escapou ontem, mas não importa – amanhã correremos mais depressa, estiraremos mais os braços... E uma bela manhã...

E assim avançamos, barcos contra a corrente, incessantemente empurrados de volta ao passado.

# Quando eu era jovem e mais vulnerável

**Alex Gilvarry***

Conheci *O grande Gatsby* como a maioria dos americanos: no ensino médio. O estudo desse romance é uma espécie de primeiro amor para muitos adolescentes americanos, talvez por causa do que gosto de chamar de simplicidade intrincada. A linguagem é clara e precisa; o sentimento está à flor da pele, mas contido; os temas são grandiosos – amor, perda, traição, classes sociais. A simplicidade era a meta de Fitzgerald desde o começo, como declarou em 1922, antes de escrever *O grande Gatsby*: "Quero escrever algo novo – uma coisa fora do normal, bela, simples, e, ainda assim, que tenha uma construção intrincada". Para nossa sorte, ele conseguiu.

---

* Autor de *Nada além da verdade* (Tordesilhas, 2012) e editor do *Tottenville Review*.

Quanto a mim, eu tinha aversão a qualquer leitura que nossos bons professores recomendassem, e por isso meu caso de amor com *O grande Gatsby* foi, de início, um jogo de resistência. Se tenho algo em comum com Fitzgerald é que ambos fomos péssimos alunos. Ele pode ser citado como um dos mais famosos frequentadores da prestigiosa Universidade de Princeton, porém nunca se formou. A malária, contraída em 1916, foi usada como atalho para sair de uma carreira acadêmica titubeante.

Então, quando me pediram para ler *O grande Gatsby*, que, pelo título, achei que contasse a história de um mágico famoso, pensei que o livro tinha o tamanho perfeito para uma rápida "folheada", talvez um dia antes da aula. Eu não era leitor de romances, não ainda. Alguns dias se passaram, com *Gatsby* largado na minha mesa de cabeceira, até que encontrei tempo na minha agitada rotina – entre a televisão e o *videogame* – para fazer uma tentativa sincera de encarar esse tal de Gatsby. Deitei na cama, coloquei os pés para cima com as pernas cruzadas, abri o livro – e não descruzei as pernas até a última página. Nenhum romance até então tinha feito aquilo comigo.



"Isso faz parte da beleza da literatura", Fitzgerald disse. "Percebemos que nossas ambições são universais, que não estamos sozinhos nem isolados. Somos parte de algo maior."

## O curioso caso de Jay Gatsby

*O grande Gatsby*, a obra-prima de Fitzgerald, é prova de sua crença íntima no poder da boa literatura. Eis um livro que diz que, de fato, somos parte de algo maior, e que termina com uma nota de esperança na esteira do fim trágico de Gatsby: "E assim avançamos, barcos contra a corrente, incessantemente empurrados de volta ao passado". Parte da beleza do romance jaz na experiência da inclusão, ou melhor, da exclusão. Vendo Nick Carraway orbitar em torno de "pessoas descuidadas", como Tom e Daisy Buchanan, e do misterioso Gatsby, sentimos afinidade com o *outsider*. O leitor talvez se sinta incluído ao ler sobre quem não se inclui. Ao mesmo tempo, é difícil encontrar nas páginas desta história um personagem que não seja reconhecível de alguma maneira, seja ele triste, desprezível, calculista ou trágico.

Qual de nós nunca trombou com um Tom Buchanan? Um homem cuja proeza masculina enlouquece de inveja os fisicamente menos dotados! O homem que sempre consegue a garota, sempre marca o gol, e que, mesmo quando vai cavalgar encoberto pelo "estilo efeminado das suas roupas de montaria", parece incapaz de ocultar "a enorme força daquele corpo".



E qual de nós nunca se apaixonou por sua própria Daisy Buchanan? Ou nunca desejou pertencer à classe alta? Ou nunca foi tomado pela necessidade de se reinventar?

Mas são raros entre nós, imagino, aqueles que já se depararam com uma figura como Gatsby.

A história de Jay Gatsby é uma das mais envolventes e de composição mais complexa da literatura. Enquanto Nick é o narrador e a figura central – nosso guia durante um verão em Long Island –, Gatsby é o herói do romance. Ele é um mistério, e o leitor precisa se engajar ativamente, capítulo a capítulo, para resolvê-lo. Como escreveu Mathew J. Brucolli no prefácio a uma edição americana: "Exige-se que o leitor construa a cronologia dos eventos, muitas vezes apresentada em *flashbacks* – por consequência, ele se torna um colaborador no processo narrativo". E somos imediatamente aliciados quando Nick, de forma elegante e trágica, menciona Gatsby pela primeira vez, no capítulo 1:

> Se a personalidade é uma série contínua de gestos bem-sucedidos, havia nele algo muito bonito, uma elevada sensibilidade para as promessas da vida, como se ele fosse aparentado com uma dessas máquinas intrincadas que registram terremotos a quinze mil quilômetros de distância. [...] Foi o mergulho de rapinador sobre Gatsby, aquela poeira imunda que flutuou no rastro dos seus sonhos, que afastou por uns tempos o interesse que me despertavam as vãs tristezas dos homens e suas efêmeras alegrias.



Quando temos nosso primeiro vislumbre de Gatsby, ele está nas sombras e é visto por Nick no jardim da mansão, olhando por sobre a água a luz verde que identifica a casa de Daisy Buchanan. É um momento de desamparo; belo e sutil:

> Mas não o chamei, pois subitamente ele deu mostras de estar se comprazendo naquela solidão: estendeu curiosamente os braços para o mar e, apesar da distância entre nós, eu poderia ter jurado que ele estava tremendo. [...] Quando voltei a olhar para Gatsby, ele havia desaparecido, e eu estava novamente sozinho na escuridão ruidosa.

Fitzgerald é um mestre do ritmo, fornece ao leitor doses calculadas do misterioso Gatsby. Nick não interage com o vizinho antes do capítulo 3, após um quarto do livro ter se desenvolvido. E, quase no mesmo instante, Gatsby é posto de lado:

> – Quem é ele? – indaguei. – Você sabe?
>
> – Um homem chamado Gatsby. É só isso que eu sei.

A acompanhante de Nick, Jordan Baker, também não conhece Gatsby muito bem. Na verdade, ninguém sabe quem ele é ou o que faz da vida. E o principal interesse de Nick é descortinar rumores e mentiras de modo a revelar o verdadeiro Gatsby.



Jay Gatsby é alguém que venceu pelo próprio esforço, e seu patamar de sucesso – festas suntuosas, séquitos de criados – é bastante verossímil nos Estados Unidos dos anos 1920, época dos contrabandistas de bebida que deram origem ao crime organizado durante a vigência da Lei Seca. A década produziu criminosos do porte de Al Capone e Arnold Rothstein. (O personagem Meyer Wolfshiem, sócio de Gatsby, é baseado em Rothstein, um jogador profissional que comprou o resultado da American World Series de beisebol de 1919.) Ao fim do romance, vem de Wolfshiem a confirmação de que Gatsby alcançou fortuna graças aos negócios de ambos. "Se eu o iniciei? Eu fiz o Gatsby."

No entanto, nunca fica completamente claro o que Gatsby fazia da vida; tudo não passa de alusão e especulação. Presumimos que ele tenha conquistado sua riqueza como contrabandista de bebidas ligado a Wolfshiem. Fitzgerald admitiu que nem sequer ele sabia em quais atividades criminosas Gatsby se envolvia. "Nunca, em momento algum, vi [Gatsby] com clareza – pois ele começou como um homem que conheci e, em seguida, passou a ser eu mesmo –, o amálgama nunca se completou na minha cabeça." Fitzgerald considerava essa lacuna uma falha do romance, embora ela não prejudique a história. O mistério de Gatsby não é como ele se torna o que é, mas *por quê*. A emoção e a dor centrais do romance estão atadas às motivações ocultas de Gatsby. E assim a vida dele, sua própria existência, centra-se em uma garota que lhe chamou a atenção nos tempos de jovem soldado. Daisy Fay Buchanan.



## A criação de *O grande Gatsby*

F. Scott Fitzgerald (1896-1940) publicou dois romances antes de *O grande Gatsby*: *Este lado do paraíso* e *Os belos e malditos*, ambos de cunho fortemente autobiográfico e ambos best-sellers nos Estados Unidos após a publicação. Com *Este lado do paraíso*, em 1921, Fitzgerald se tornou instantaneamente famoso. Ao fim daquele ano, doze reimpressões haviam sido necessárias e quarenta e nove mil exemplares haviam sido vendidos apenas nos Estados Unidos. O autor também fazia muito sucesso como contista, publicando com frequência em revistas populares. Escrever contos passou a ser bastante lucrativo.

Ele conseguia terminar os textos em pouquíssimo tempo; por exemplo, em vinte e uma horas. Se os adiantamentos de direitos autorais pelos livros não fossem suficientes para bancar o estilo de vida extravagante que levava com sua mulher, Zelda Sayre Fitzgerald, vender contos sempre era uma opção. O casal viajava com frequência para a Europa e lá permanecia por longos períodos. Ambos faziam parte da comunidade americana expatriada na França dos anos 1920, quando Fitzgerald se aproximou de Ernest Hemingway, Gertrude Stein e John dos Passos. Em todos os aspectos, a vida dos Fitzgerald parecia uma festa de Gatsby tamanho família, cheia de bebedeira e de intrigas, embora nunca faltassem longos e produtivos esforços literários da parte de Scott.

O trabalho pré-*Gatsby*, ainda que comercialmente bem-sucedido e muito promissor para um jovem de vinte e sete anos, não passou sem críticas duras. Elas costumavam atacar a seriedade de Fitzgerald ou seu mérito literário devido à sua enorme popularidade e aos contos comerciais que escrevia para revistas. Fitzgerald não encarava essas críticas sem preocupação. Seu amigo e colega de faculdade Edmund Wilson escreveu em 1922: "[Fitzgerald] tem imaginação, mas não o controle intelectual dela; desejo por beleza, mas nenhum ideal estético; e talento para a expressão, mas não muitas ideias para expressar".

Assim, naquele que seria seu terceiro romance, Fitzgerald sentiu necessidade de se reinventar. A meta era forçar os limites da própria técnica e entregar a Maxwell Perkins, editor da Scribner, um livro que o içasse a um novo patamar como escritor.

Na primavera de 1924, Fitzgerald e Zelda zarparam para a França para que ele pudesse terminar o romance iniciado no verão anterior, *O grande Gatsby*. A escrita havia começado quando o casal vivia em Great Neck, Nova York, modelo para o cenário do romance. Em Long Island, de um lado da enseada se encontra Great Neck (que Fitzgerald chamaria de West Egg); e, do outro, Manhasset Neck (que se tornaria East Egg, a área mais próspera, onde Daisy e Tom residem).



A conquista de Daisy por Gatsby, contada em *flashback*, reflete de perto a conquista de Zelda por Fitzgerald. E a base dessa história reaparece em boa parte do trabalho do escritor. Ele conheceu Zelda quando servia ao exército em Montgomery, no Alabama, em 1917, exatamente como Gatsby conhece Daisy. Fitzgerald se apaixonou loucamente por ela, e logo os dois estavam noivos. Assim que ele deixou o exército, instalou-se em Nova York, enquanto Zelda continuava a viver com a família em Montgomery. No entanto, como Fitzgerald não conseguia ganhar dinheiro suficiente para desposar Zelda, ela rompeu a relação e ele bateu em retirada para St. Paul, Minnesota, sua cidade natal, para terminar o primeiro romance, *Este lado do paraíso*. Ele acreditava que a única maneira de conquistar Zelda era ganhar dinheiro com o sucesso literário. Zelda foi a motivação de Fitzgerald para buscar o sucesso, e, em pouco tempo, ele o alcançaria. *Este lado do paraíso* foi vendido a Max Perkins e à Scribner, e tanto a vida profissional quanto a vida pessoal do seu autor mudaram da água para o vinho. O conceito de sucesso somado ao desejo de ser amado se tornaria a base da história de Jay Gatsby.

Na França, enquanto Fitzgerald trabalhava em *O grande Gatsby*, Zelda teve um caso com um aviador da marinha francesa. Assim, a infidelidade, tema presente no romance – primeiro quando Nick entra em contato com Tom e sua amante, mais tarde quando Daisy retoma o romance com Gatsby –, era algo com que Fitzgerald lidava no próprio casamento. O *affair* de Zelda chegou ao fim, e o jovem casal começou a reerguer o casamento. Durante o tumulto, Fitzgerald terminou uma versão do romance e enviou uma cópia datilografada para Perkins, em Nova York, antes que o casal partisse para Roma, no outono de 1924. Três semanas depois, enquanto o manuscrito continuava a ser revisado na Itália, Perkins enviou sua resposta ao que considerou a obra-prima de Fitzgerald:



> Acho que você tem todas as razões para estar orgulhoso desse livro. É um romance extraordinário, que induz todas as espécies de reflexões e estados de espírito. [...] Os múltiplos significados contidos em uma única frase, a dimensão e a intensidade das impressões surgidas em um único parágrafo são verdadeiramente prodigiosos.

Fitzgerald havia dispensado a intimidade autobiográfica. Esse desenvolvimento pareceu libertá-lo. Arquitetar a história do ponto de vista do observador, pelos olhos de Nick Carraway, criou o palco perfeito para seu trabalho e ainda agregou o conteúdo profundamente pessoal que ele estava acostumado a usar.

Como "observador" do herói trágico, um Fitzgerald mais sábio e matizado emergiu.

## Publicação

*O grande Gatsby* foi publicado em abril de 1925 e recebeu acolhimento moderado da crítica. Embora o livro tivesse vendido bem, não repetiu o desempenho de seus antecessores, ambos best-sellers. A decepção comercial de Fitzgerald acabou ofuscada pela conquista artística. Ele tentou explicar as vendas titubeantes culpando o título, que, após a publicação, passara a considerar fraco; também pensava ter falhado na tentativa de "criar personagens femininos fortes" com os quais as leitoras pudessem se identificar. Ambas as considerações estavam erradas. *O grande Gatsby* é um título que captura a mistura perfeita entre ironia e esplendor – pois Jay Gatsby, ao ser exposto como James Gatz, não é "grande" no sentido clássico, mas uma ilusão que ele mesmo criara. Uma grande ilusão. Além disso, Daisy Buchanan é um personagem complexo – ingênua, um produto do seu tempo, "a melhor coisa que uma menina pode ser neste mundo: uma tontinha linda". Nos Estados Unidos, o nome dela é tão expressivo quanto o do próprio autor.



Fitzgerald lançou mais um romance em vida, *Suave é a noite*. Ao morrer, em 1940, deixou para trás o inacabado *O último magnata*, publicado postumamente. Ele não chegou a ver o impacto cultural de *O grande Gatsby*, nem sequer vislumbrou a enorme contribuição que deu à literatura mundial. *Gatsby* inspirou gerações de autores e ajudou a consolidar o legado de Fitzgerald como um dos maiores escritores de sua geração, ao lado de Ernest Hemingway e William Faulkner.

Apenas depois da década de 1950 a obra de Fitzgerald passou por um renascimento nos Estados Unidos, despertado pela publicação de novas críticas e biografias. E na linha de frente desse renascimento estava a obra-prima, *O grande Gatsby*. Todos os livros de Fitzgerald foram reeditados, e logo *Gatsby* seria parte do currículo das escolas, onde leitores como eu o descobririam pela primeira vez, junto com a alegria de ler romances.



*O grande Gatsby* se tornou tudo o que seu criador esperava. O trabalho duro para moldar um livro que juntasse "beleza e simplicidade + construção intrincada" se reverteu em benefício para todos nós que tivemos o prazer de lê-lo. Fitzgerald disse: "O escritor deve escrever para os jovens da sua geração, os críticos da próxima e os professores de todo o futuro". Foi uma previsão atrevida, que sua obra cumpriria espantosamente.

Não é surpresa nenhuma continuarmos a ler *O grande Gatsby* hoje. Esta é a história do enorme desejo de alcançar o inalcançável e das consequências desse desejo. Ela descreve a esperança e a mentira que fazem parte dos sonhos, as narrativas que criamos sobre o passado, a incapacidade de mudá-lo. Seus personagens, como o próprio Fitzgerald, são figuras clássicas e românticas, que vivem, amam e morrem tragicamente jovens. Eis aqui, em nossas mãos, um livro que continua a sintetizar a experiência da vida moderna. Bem escrito, construído com esmero, simples, como o autor quis. E, como disse Ernest Hemingway sobre o romance do amigo: "Melhora a cada leitura".

Nova York, 2012

# Cartas ao editor*

Great Neck
Long Island, Nova York
(*c.* 10 de abril de 1924)

Caro Max,

Mais algumas palavras sobre a nossa conversa desta tarde. Embora eu tenha esperança de concluir o meu romance em junho, como havia planejado, você sabe que muitas vezes essas coisas acontecem de modo diferente. E mesmo que levasse dez vezes mais tempo,

* Estas cartas foram escritas por F. Scott Fitzgerald a seu editor na Scribner, Maxwell Perkins, entre abril de 1924 e abril de 1925, período em que *O grande Gatsby* foi escrito, editado e publicado. Os comentários em itálico são desta edição. (N. da E.)

eu não concluiria o manuscrito antes de ter posto nele o melhor que posso fazer – até, como às vezes penso, um pouco mais do que posso fazer. Muito do que escrevi no verão passado era de boa qualidade, mas houve tantas interrupções que o texto se tornou desigual, e, considerando as páginas de outro ponto de vista, precisei fazer grandes cortes: até 18.000 palavras (sairão em parte no *Mercury* em forma de conto). Somente nos quatro últimos meses percebi até que ponto eu estava, por assim dizer, quase extenuado desde que terminei *Os belos e malditos*, três anos atrás. Nos últimos quatro meses eu trabalhei, claro, mas durante os dois anos precedentes – mais de dois anos, na verdade – produzi exatamente uma peça, meia dúzia de contos e três ou quatro artigos – ou seja, em média cem palavras por dia. Se tivesse dedicado esse tempo à leitura, a viagens ou a qualquer outra coisa – até mesmo a cuidar da saúde –, teria sido diferente, mas eu o passei inutilmente, sem estudar nem refletir, simplesmente bebendo e, em geral, dando cabeçadas. Se tivesse escrito *Os b. & m.* no ritmo de cem palavras por dia, ele teria me tomado quatro anos; assim, você imagina o efeito de um turbilhão como esse sobre o meu moral.



Com isso quero apenas dizer que preciso lhe pedir que tenha paciência com este livro e que acredite que enfim, ou em todo caso pela primeira vez em anos, estou fazendo o melhor que posso. Adquiri dezenas de maus hábitos, dos quais procuro me livrar:

1. Preguiça.
2. Submeter tudo à Zelda – hábito atroz; não se deve submeter nada a ninguém antes da conclusão.
3. Problemas com as palavras – duvidar de si. Etc., etc., etc., etc.

No momento, tenho a impressão de deter uma enorme força interior, em certo sentido maior do que jamais tive, mas essa força age de modo terrivelmente intermitente e faz surgir muitos demônios, pois falei demais em vez de ter tido uma vida interior que favorecesse a necessária confiança em mim. Além disso, que eu saiba, ninguém extraiu aos vinte e sete anos tanta coisa da sua experiência pessoal quanto eu. Dickens e Thackeray tinham ambos mais de quarenta anos quando escreveram *David Copperfield* e *Pendennis*, ao passo que *Este lado do paraíso* equivale a três livros e *Os belos e malditos*, a dois. Assim, no meu novo romance eu me dedico a um trabalho puramente criativo – nada de invenções desprezíveis como nos meus contos, mas uma obra de imaginação nutrida de um mundo real e, no entanto, resplandecente. Por isso prossigo lenta e cuidadosamente, às vezes com uma considerável angústia. Este livro será uma realização artística deliberada, ao contrário dos primeiros.

Se eu puder novamente ter um tempo de descanso, de certo não o desperdiçarei como fiz no último período. Creia--me, por favor, quando digo que agora dou o melhor de mim.

Do seu sempre amigo,
Scott F.

*Sem ainda saber muito da obra, o editor Maxwell Perkins respondeu em 16 de abril que considerava "'O grande Gatsby' um título evocador e eficaz". Em maio de 1924, F. Scott Fitzgerald e sua esposa, Zelda, embarcaram para Saint-Raphaël, na França, onde o novo romance seria, afinal, concluído. Em nova carta escrita em agosto de 1924, Fitzgerald adiantava que "o meu romance é provavelmente o melhor romance americano já escrito" e prometia enviar os originais do livro nas semanas seguintes, algo que veio a fazer apenas no final de outubro.*



Villa Marie, Valescure
St-Raphaël, França
(*c*. 27 de agosto de 1924)

Caro Max,

1. O romance estará terminado na semana que vem. No entanto, isso não significa que ele chegará aos Estados

Unidos antes do dia 1º de outubro, porque Zelda e eu pretendemos revê-lo cuidadosamente depois de uma semana de descanso total.

2. Os artigos não chegaram.
3. Selden concorda comigo e acredita que "For the Grimalkins" é um título maravilhoso para o livro de Ring. Também tenho grandes ideias quanto a "My Life and Love", sobre as quais falarei a Ring quando ele vier em setembro.
4. Quantos exemplares os contos dele venderam?
5. Seu contador não me mandou o relatório de direitos autorais de 1º de agosto.
6. Pelo amor de Deus, não dê a ninguém mais a capa que você destinou ao meu livro; eu a integrei ao romance.
7. Acho que meu romance é provavelmente o melhor romance americano já escrito. É brutal em algumas passagens, tem cerca de 50.000 palavras, e espero que você não se inquiete.
8. Tem sido um verão razoável. Ando infeliz, mas meu trabalho não foi afetado. Eu cresci, afinal.
9. Sobre quais livros se tem comentado? Não me refiro a best-sellers. O romance de Hergeshiemer [sic] no *Post* me pareceu ruim.
10. Espero que você esteja lendo o romance de Gertrude Stiens [sic] no *Transatlantic Review*.
11. O último livro de Raymond Radiguet (o jovem que aos dezesseis anos escreveu *O diabo no corpo)* é um grande

sucesso aqui. Ele o escreveu aos dezoito. Chama-se *O baile do conde de Orgel*. Cheguei apenas à metade, mas, se fosse você, pediria uma opinião sobre ele. É mais cosmopolita que francês, e meus instintos me dizem que, bem traduzido, faria grande sucesso nos Estados Unidos, onde todos desejam Paris. Procure-o e ouça ao menos uma opinião sobre ele. O prefácio foi escrito pelo dadaísta Jean Cocteau, mas o livro não é de forma alguma dadaísta.

12. Você conseguiu os outros livros de Ring?
13. Provavelmente iremos embora em 1º de outubro, então, depois do dia 15 de setembro, por favor, envie tudo aos cuidados de Guarantee Trust Co., Paris.



14. Por favor, se tiver tempo, peça para que a livraria me envie *A dança da vida*, de Havelock Ellis, e coloque na minha conta.
15. Convidei Struthers Burt para jantar, mas seu bebê estava doente.
16. Responda a *todas* as perguntas, Max.

Sinto uma falta tremenda de você.

Scott

Villa Marie, Valescure
St-Raphaël, França
(Após 3 de novembro, aos cuidados de
American Express Co., Roma, Itália)
27 de outubro de 1924

Caro Max,

Em um pacote separado estou lhe enviando meu terceiro romance:

"O grande Gatsby"

Creio que finalmente escrevi algo inteiramente meu, mas ainda é preciso saber se o que é "meu" é bom. Proponho o seguinte contrato:



15% até 50.000
20% além de 50.000

O livro tem pouco mais de 50.000 palavras, mas, como você sabe, estou convencido de que Whitney Darrow pensa de forma errada quanto ao preço de venda (assim como quanto à categoria social que constitui o público comprador, agora que as classes populares vão ao cinema). Por isso insisto muito para que ele seja vendido por dois dólares e para que tenha um formato normal.

E é preciso, claro, que a encadernação seja absolutamente igual à dos meus outros livros – a impressão também –, e já conversamos sobre a capa. Desta vez a capa não deve ter frases pomposas de nomes prestigiosos – nem Mencken nem Lewis e nem Howard: ninguém. Já estou farto de ser o eterno autor de *Este lado do paraíso* e quero ter um novo ponto de partida.

Quanto à publicação em folhetim, sou obrigado por contrato a submetê-la a Hearst, mas peço um preço proibitivo, Long me detesta e é difícil adaptar o livro para folhetim. Caso eles aceitem – o que não vai acontecer –, a publicação do livro teria de ser postergada para o outono. Do contrário você poderá publicá-lo na primavera. Quando Hearst o recusar, tenho intenção de propô-lo à Liberty por 15.000 dólares com a condição que ele seja publicado em dez partes semanais antes de 15 de abril. Se recusarem, vou renunciar ao folhetim. *Estou absolutamente certo de que Ray Long não vai querê-lo.*



Pensei também em outro título: "Gatsby do chapéu de ouro".

Quando você tiver acabado de ler o livro me diga o que acha do título. Naturalmente, vou passar noites em claro esperando a sua carta, mas sobretudo me diga toda a verdade, *a sua primeira impressão sobre o livro* e tudo o que nele o incomoda.

Do sempre amigo,
Scott

P.S.: Prefiro que não ligue para Reynolds, pois ele poderá tentar agir como meu agente. Você poderia me enviar o *N.Y. World* com a descrição dos jogos Harvard-Princeton e Yale-Princeton?

*Fitzgerald estava tão ansioso que não aguentou esperar pela resposta do editor, e escreveu-lhe novamente logo em seguida, dias antes da pretendida volta para os Estados Unidos.*

Hotel Continental,<br>St-Raphaël, domingo<br>(de partida na terça-feira)<br>(*c.* 7 de novembro de 1924)



Caro Max,

A esta altura você já deve ter recebido o romance. Há no livro coisas que não me satisfazem – os capítulos 6 e 7. É possível que eu escreva uma cena totalmente nova na prova. Espero que tenha recebido meu telegrama.

"Trimalquião em West Egg"

Os únicos outros títulos que parecem convir são "Trimalquião" e "No caminho de West Egg". Eu tinha outros, "Gatsby do chapéu de ouro" e "O amante acrobata", mas eles me parecem fracos.

Iremos para Roma assim que eu terminar o conto que estou escrevendo.

Do sempre amigo,
Scott

P.S.: Fiquei contente por você ter se mudado para New Canaan. É maravilhoso. Às vezes fico terrivelmente ansioso para voltar para casa.

Mas fiquei confuso com o que você disse sobre Gertrude Stien [sic]. Pensei que fosse um objetivo dos críticos e dos editores educar o público para apreciar uma obra original. Os primeiros que se aventuraram a publicar Conrad certamente não o encaravam como um empreendimento comercial. A evolução de uma obra surpreendente para uma obra aceita terminou vinte anos atrás?



Envie-me o livro de Boyd (Ernest) quando for lançado. Acho os anúncios do Lardner incríveis. O *Dark Cloud* fracassou?

Você poderia pedir para o pessoal do andar de baixo continuar me mandando a conta mensal da enciclopédia?

*Maxwell Perkins escreveu sua resposta em 18 de novembro. Nela o editor sugeriu que Fitzgerald repensasse o título – uma alusão a um personagem de* Satíricon, *escrito por Petrônio, um novo-rico vulgar que oferece um banquete exótico. Ao mesmo tempo, cobriu o autor de elogios: "Seu romance é soberbo". A análise definitiva de Perkins, porém, foi escrita dois dias depois.*

*"É um romance extraordinário [...] Você escolheu exatamente o modo certo de narrá-lo, ou seja, com o emprego de um narrador que é mais espectador que ator: isso coloca o leitor em um posto de observação que fica em um nível mais elevado que o dos personagens e a uma distância que lhe dá perspectiva."*

*O editor parecia concordar com Fitzgerald quanto aos capítulos 6 e 7, considerando-os "ligeiramente frouxos". As críticas foram poucas, mas fundamentais. Perkins reclamou que o personagem Gatsby era um pouco vago. "O leitor não pode representá-lo mentalmente com clareza porque seus contornos são imprecisos. Tudo o que diz respeito a Gatsby é mais ou menos misterioso, quer dizer, mais ou menos vago, e mesmo que isso decorra de uma decisão literária deliberada, considero-a errada." A segunda crítica dizia respeito às atividades de Gatsby. Perkins achava que os leitores mereciam uma explicação sobre a origem da fortuna do personagem. "Fornecer-lhes uma explicação lógica e precisa seria evidentemente absurdo. Mas me ocorreu a ideia de que você pudesse intercalar aqui e ali algumas frases, talvez algumas cenas, diferentes toquezinhos que levem o leitor a supor que ele estava envolvido em alguma atividade misteriosa." A última crítica foi ao fato de a história de vida de Gatsby ser revelada por ele no capítulo 8. "[...] quando ele a revela ao narrador, você se afasta do seu método de escrita, pois no restante do livro tudo é contado, e magnificamente contado, pelo próprio desenrolar da história."*

Hotel des Princes
Piazza di Spagna
Roma, Itália
(*c.* 1º de dezembro de 1924)

Caro Max,

Estou no sétimo céu graças às suas cartas – mas ao mesmo tempo desolado por não ter encontrado resposta melhor que um telegrama queixoso reclamando dinheiro. Viver um estado de sítio tão prolongado com este romance me deixou sem reservas e eu não consigo começar a escrever as histórias que garantem a minha sobrevivência.

Todas as suas críticas têm fundamento.

a) O título. Vou dar o melhor de mim, mas não sei muito bem como. Talvez simplesmente "Trimalquião" ou "Gatsby". No primeiro caso, não vejo razão para não fazer uma nota.
b) Encontrei o modo de melhorar os capítulos 6 e 7.
c) Vou resolver a questão das atividades profissionais de Gatsby. Estou de acordo com as suas observações a esse respeito.
d) Posso consertar o aspecto vago de Gatsby *pondo mais tempero* – isso não parece muito bom, mas espere um pouco e você verá. Ele ficará mais preciso.

e) Infelizmente será difícil mexer na longa narrativa do capítulo 8. Zelda também opinou que eu perdi um pouco o tom, mas está bem escrito e acho que não suportaria suprimir dali o menor elemento.
f) Farei centenas de correções menores e diversas correções de maior importância sobre as quais você não mencionou.

Suas críticas foram excelentes, muito úteis, e foram as minhas partes preferidas do livro que lhe pareceram mais bem-sucedidas. Mas você não mencionou aquela que é a minha preferida entre todas: o capítulo em que Gatsby e Daisy se reencontram.

Duas coisas mais. Zelda tem me lido em voz alta o livro do caubói para poupar minha mente, e estou adorando – apesar de achar que ele aprendeu inglês com Ring, e não ouvindo por si mesmo.



Outra coisa. No capítulo 2 do meu livro, o desaparecimento de Tom e Myrtle no apartamento enquanto Carraway lê *Simon Called Peter* ficou cru demais? Dê-me a sua opinião. Acho a cena muito necessária.

Reduzi o montante dos meus direitos porque queria compensar todo o dinheiro que você me adiantou há dois anos, fazendo-o produzir uma espécie de lucro. Mas vejo que fui além do justo: uma diferença de 2.000 dólares. Digamos 15% até 40.000 e 20% além disso. É um contrato honesto para os dois lados.

Você já deve ter ficado sabendo de uma jovem francesa que deseja traduzir o livro. Acredito que ela esteja intelectual e linguisticamente à altura – leu todos os meus outros livros. Se você puder orientá-la quanto a pagamentos de *royalty* etc.

Muito, muito, muito obrigado por suas cartas. Para mim é importante que você e Bunny gostem, mais do que qualquer outra pessoa que conheço. Mais importante é que você goste. Se é tão bom quanto você diz, estará perfeito quando eu terminar a prova.

Aliás, lembre-se de reservar para a capa o tecido igual ao dos meus outros livros.

Assim que me decidir sobre o título, escreverei informando minha decisão. Agradeça a Louise por ter gostado do livro. Minhas lembranças ao sr. Scribner. Diga a ele que Galsworthy está aqui em Roma.



Do sempre amigo,
Scott

*Em um telegrama escrito em 15 de dezembro de 1924, Fitzgerald informou ao seu editor que decidira que o romance se chamaria "O grande Gatsby". O autor passará a fazer correções e modificações na prova impressa do livro. Ele continuava preocupado com a cena de Tom e Myrtle no capítulo 2. E mostrava-se seguro de ser um bom escritor.*

Hotel des Princes
Piazza de Spagna, Roma
(*c.* 20 de dezembro de 1924)

Caro Max,

Estou um tanto bêbado esta noite (não muito – não de modo perigoso) e vou sem dúvida lhe escrever uma carta longa. [...] Com a sua ajuda, vou tornar Gatsby perfeito. O capítulo 7 (a cena do hotel) continuará deixando um pouco a desejar – ele me atormenta há muito tempo e não consigo pôr no lugar as reações de Daisy. Mas posso melhorá-lo. Não é a energia criadora que está ausente – algo me impede automaticamente de repensar tudo *porque preciso levar todos aqueles personagens a Nova York* para que ocorra a catástrofe na estrada durante a viagem de volta; precisa ser assim. Por isso não há meio de introduzir a espontaneidade que nasce às vezes de uma concepção livre e nova.

O resto é fácil e eu enxergo o caminho com tanta clareza que logo percebo até mesmo os truques mentais que antes o obstruíam. É estranho dizer isso, mas a minha visão vaga de Gatsby era normal. O que você, Louise e o sr. Charles Scribner achavam insuficiente é que: *eu não sabia com o que Gatsby se parecia nem o que ele fazia*, e vocês sentiram isso. Se eu soubesse e tivesse escondido de vocês, *vocês teriam ficado tão impressionados com o meu conhecimento do personagem que não protestariam*. É uma ideia complicada, mas tenho certeza de que vocês compreenderão. Em todo caso, hoje eu sei – e para me punir de não ter sido o primeiro a saber ou, em outras palavras, para averiguar o que eu afirmo, vou falar mais sobre a questão.

Atribuo um significado quase mágico ao fato de vocês terem imaginado Gatsby com mais idade – o homem que eu tinha na cabeça, de modo meio inconsciente, *era* mais velho (um indivíduo específico) e evidentemente, sem usar uma palavra em particular, transmiti isso [...]. De qualquer forma, depois de ter estudado cuidadosamente os dossiês do caso da trapaça Fuller/McGee (sobretudo a mentalidade de um homem) e obrigado Zelda a desenhar retratos até ficar com dor nos dedos, eu conheço Gatsby melhor que à minha própria filha. Ao ler a sua carta fiquei tentado a abrir mão dele como principal herói do livro para colocar Tom Buchanan nessa posição (acredito que ele seja até hoje o meu melhor personagem: parece-me que Tom, o irmão de *Salt* e Hurstwood, de *Carolina*, são os três melhores personagens da literatura americana dos últimos vinte anos – talvez sim, talvez não), mas Gatsby está no meu coração. Eu o tinha encontrado em um momento, em seguida o perdi e agora sei que ele voltou a estar no meu coração. Aborrece-me que Myrtle seja melhor que Daisy. Jordan foi uma excelente ideia (talvez você tenha reconhecido Edith

Cummings, a campeã de golfe), mas ela perde consistência. É no capítulo 7 que não estou contente com Daisy, e o fato de esta ser *uma história de homens* talvez prejudique a popularidade do livro.

Em todo caso (pela primeira vez desde o fracasso de "The Vegetable") estou convencido de ser um escritor excelente, e foram as suas cartas sempre tão maravilhosas que me ajudaram a voltar a acreditar em mim.

Agora alguns detalhes práticos e muito importantes. Responda sobre cada um dos pontos, por favor.

1. Existe em Montenegro uma condecoração chamada Ordem de Danilo. Seria possível você saber qual é a aparência dela, se uma condecoração desse tipo concedida a um americano pode estar gravada em inglês – e qualquer informação que dê alguma verossimilhança a uma medalha que soa horrivelmente amadora?
2. Pelo amor de Deus, *nenhum tipo de publicidade na capa*!!! E nada de Mencken, Lewis ou Sid Howard – ninguém. Não acredito mais neles.
3. Não se esqueça de mudar o título do livro na relação das obras.
4. Por favor, desloque o ponto de exclamação do poema em destaque: ele não fica no final da terceira linha, e sim no final da quarta linha. Por favor! É importante!
5. Tive a impressão de que toda a parte (2 parágrafos) em que tocam *A história do mundo contada através*

*do jazz*, durante a primeira recepção de Gatsby, está ruim. E você? Fale-me francamente *a sua opinião*, sem *pensar*! Somos todos capazes de pensar [...].

De seu sempre amigo,
Scott Fitz.

*Fitzgerald continuou corrigindo e modificando o texto em Roma, depois em Capri. Daria o trabalho por terminado em meados de fevereiro.*



Hotel des Princes
Roma, Itália
24 de janeiro de 1925
(Mas envie a resposta para American Express Co.,
pois aqui faz muito frio e podemos ir embora
a qualquer hora.)

Caro Max,

Esta carta é tão importante que eu a datilografo. Conserve-a como a menina dos seus olhos.

1. Envio-lhe pelo correio, em separado, a primeira parte da prova. Em geral eu estava de acordo com

as sugestões das suas primeiras cartas, mas discordo de você nas questões que seguem. Quero *definitivamente* que Myrtle tenha o seio arrancado – é o que convém, tenho certeza disso, e não desejo desarranjar as boas cenas com um exagero de rodeios. Quando Wolfshiem fala errado, também quero que fique assim. E "orgástico" é o adjetivo de "orgasmo", que exprime exatamente o êxtase buscado. Não há nisso nada de vulgar. Estou muito mais preocupado com o desaparecimento de Tom e Myrtle – talvez não haja problema, mas não tenho certeza. Se houver problema, me diga por telegrama que eu mando a correção.

2. Quanto à prova de impressão, sob certas condições, não hesite em enviá-las para impressão (exceto, é claro, se houver bastante tempo, o que suponho não ser o caso. Estou entusiasmado com a publicação no final de março ou no começo de abril). *São duas as condições*: 

a) que alguém as releia *com muito cuidado duas vezes seguidas* para garantir que todos os meus acréscimos tenham sido corretamente inseridos. Eles são tão numerosos que receio haver erros.

b) que não se faça *nenhuma* modificação, a não ser quando se tratar de um erro de ortografia absolutamente evidente, e nesse caso que a retificação seja feita por você.

Se houver tempo apenas para você me mandar a prova, respondo em um telegrama, e assim ganhamos duas semanas. Mas não adie nada por isso. De qualquer forma, envie-me a prova depois para que eu dê uma olhada, como sempre.

3. Muito obrigado pelo depósito. Dois dias depois de enviar-lhe o telegrama, recebi uma mensagem de Reynolds dizendo que ele vendera dois contos meus por um total de 3.750 dólares, mas antes disso eu estava em débito com ele, e depois de recusar os 10.000 dólares do College Humor eu estava receoso de emprestar mais dele antes que fizesse uma venda. Não pedirei mais nada a você antes de o livro ter gerado lucro. Meu palpite é que venderá 80.000 exemplares, mas posso estar enganado. Por favor, agradeça ao sr. Charles Scribner por mim. Aposto que ele encontrou outro John Fox. Graças a Deus por John Fox. Teria sido horrível não ter predecessor.
4. Um ponto muito importante. Tome cuidado para não revelar *nada* sobre o enredo na capa do livro. Não diga que Gatsby *morre* nem que ele é *novo-rico* ou *gângster*; absolutamente nada. Que isso fique obscuro até o fim é parte integrante da tensão dramática da narrativa. Preste atenção a isso, combinado? E não se esqueça de proibir qualquer trecho de crítica na capa, *mesmo sobre os meus outros livros!*

5. Agora uma lista de pequenezas.

a) Qual será o título do livro de Ring a ser lançado na primavera?
b) O'Brien avaliou meu conto "Absolvição" ou qualquer outro em sua seleção de porcarias?
c) Gostaria que o contador do departamento me enviasse a conta de 1° de fevereiro. Não que me dê prazer ver a soma de minha dívida, mas gosto de manter um registro anual da venda de meus livros.

Responda a todas as minhas perguntas e conserve esta carta até a chegada da prova. Diga-me o que você acha das modificações. Você me faz falta, Max, mais do que eu posso exprimir.



Do sempre amigo,
Scott

P.S.: Estou lhe enviando a prova da página de rosto etc. Está tudo OK, mas meu coração me diz que eu devia tê-lo chamado de "Trimalquião". Contudo, ir contra a opinião geral teria sido, imagino, estúpido e teimoso da minha parte. "Trimalquião em West Egg" não passava de uma concessão. Gatsby parece muito com Babbit, e "O grande Gatsby" é fraco porque não enfatiza, mesmo ironicamente, a grandeza ou a sua ausência de grandeza. Mas que fique como está.

Novo endereço:

Hotel Tiberio, Capri

(*c.* 18 de fevereiro de 1925)

Caro Max,

Depois de seis semanas de trabalho ininterrupto, terminei a correção da prova e lhe despacharei a última parte hoje à tarde. No conjunto, o trabalho foi profícuo:

1. Fiz com que Gatsby ganhasse vida.
2. Justifiquei a origem do dinheiro dele.
3. Consertei os dois capítulos fracos (6 e 7).
4. Melhorei a primeira recepção de Gatsby.
5. Fracionei a sua longa fala no capítulo 8.



Esta manhã mandei um telegrama para você *segurar a prova final do capítulo 40*. A correção – por Deus! É importante porque em minha outra revisão fiz com que Gatsby parecesse muito mal – está incluída. Há também algumas correções para a prova de impressão.

Estamos nos mudando para Capri. Odiamos Roma, não estou bem financeiramente e preciso escrever três contos. Depois tentarei outra peça, e, em junho, espero, começarei meu novo romance.

Recebi cartas longas e interessantes de Ring e John Bishop. Por favor, me informe se receberam todas as correções. Estou preocupado.

Scott

P.S.: Espero que você marque a data de publicação para quanto antes.

*A prova corrigida chegou bem. Em carta escrita em 19 de março, o editor Maxwell Perkins informa a Fitzgerald duas correções de última hora – a eliminação das ondas no lago Superior, pois elas de fato não existem, e a substituição da palavra "transepto" por "compasso" na cena da morte de Gatsby. "Fora isso só encontramos erros tipográficos. É um livro soberbo, e Gatsby está agora muito cativante, muito real e muito eficaz, embora continue profundamente original." O livro foi publicado no dia 10 de abril de 1925. Fitzgerald e Zelda estavam em Capri.*



A caminho de Paris
10 de abril de 1925

Caro Max,

O livro sai hoje e eu estou tomado por temores e pressentimentos. E se as leitoras não gostarem do livro porque ele não tem nenhuma mulher importante, e os críticos porque ele trata dos ricos e não descreve nenhuma camponesa saída de *Tess* para trabalhar em Idaho? E se ele não chegar nem a reembolsar as minhas dívidas com vocês? Será preciso vender 20.000 exemplares para que isso aconteça! Na verdade, perdi toda a confiança em mim – não deveria lhe dizer isso, mas enfim, quando você receber esta carta, nós saberemos se trata-se ou não de uma catástrofe. Não aguento mais esse livro: recomecei-o totalmente pelo menos cinco vezes e ainda tenho a impressão de que aquela que deveria ser a cena fundamental (no hotel) foi tratada às pressas e carece de eficácia. E também o último capítulo, o enterro, o pai de Gatsby – está ruim. Pena, porque os cinco primeiros capítulos e algumas partes do sétimo e do oitavo são as melhores coisas que já escrevi.



"O melhor desde *Paraíso*." Meu Deus! Se você soubesse como esse tipo de frase é desestimulante. É o que me declarou Ring em sua carta, com alguns comentários muito lisonjeiros. Em caráter confidencial, admito que fiquei decepcionado com *Haircut* – na verdade, achei a coisa muito ruim. O tema do garoto louco como um instrumento da providência é bastante antigo. Mas, por favor, não conte a ele que não gostei.

Quanto a modificações, não penso em fazer outras no momento. Ring sugeriu corrigir alguns erros: se você os retificou, ótimo, do contrário deixe como estão. Com exceção da página 209: a antiga e escura Estação Rua La Salle deve ser trocada para a antiga e escura Estação Union – é preciso mudar isso na segunda edição. Você tem razão quanto ao "transepto": eu queria efetivamente falar de um compasso. A prova de impressão chegou e me parece boa, embora eu não entenda como o tipógrafo possa ter se guiado pelas 70.000 correções. A capa também chegou – um verdadeiro presente. Zelda ficou maravilhada (a propósito, ela está muito bem agora).

Quando receber essa carta, responda para Guaranty Trust Co. 1 Rue Des Italennes [sic], Paris.

Outra coisa – estou convencido de que Myers é bom, mas garanta que ele não use frases gastas como "O melhor livro da temporada!" nos anúncios. Usar frases como essa é minha abominação número um. Além disso, não usem citações, *exceto aquelas de louvor não qualificado e excepcionalmente entusiasmado de indivíduos eminentes*. Frases como



"Deveria fazer parte da lista de todo mundo para esta temporada."

*Boston Transcript*

"Nenhum momento tedioso... Uma obra coerente e sólida, construída de forma cuidadosa."

não venderam um exemplar de nenhum livro em três anos. Achei ótimo seu anúncio para Ring. Sinto muito por você não ter conseguido o novo livro de Wescott. Várias pessoas me escreveram afirmando que *The Apple of the Eye* é o melhor romance do ano.

Viver em New Canaan parece mais interessante que em Plainfield. Tenho certeza de que ao menos dois críticos, Benet e Mary Column, terão ouvido sobre o livro. Espero que ela goste – a opinião de Benet não me importa.

E agradeço imensamente pelos 750 dólares, que aumentam minha dívida para 6.000 dólares.

Quando chega meu livro de contos?

Scott



P.S.: Recebi, ou melhor, li uma carta do meu tio, que viu um anúncio sobre o romance. Ele escreveu: "Dá a impressão de que ele se parece muito com os seus outros livros".

Claro que isso não é mais que uma vaga impressão, mas eu me pergunto se vocês não poderiam encontrar um modo de promover o livro que não levasse as pessoas que já se fartaram de ler romances peremptórios sobre o *jazz* e a sociedade a descartá-lo como uma obra que "se parece com esses outros livros". Devo confessar que no momento o problema me desconcerta – a única solução que me ocorre consiste em evitar em geral as frases do tipo "um retrato da vida em Nova York" ou "sociedade moderna", mesmo que, dado que o livro trata exatamente disso, sejam frases difíceis de evitar. O problema é que muita porcaria superficial foi produzida sobre esse assunto. Diga-me o que pensa disso.

*Depois de receber um telegrama em que Maxwell Perkins anunciava críticas excelentes e vendas incertas, Fitzgerald respondeu-lhe em carta que atribuía o problema das vendas ao fato de o livro não ter um personagem feminino importante. O livro foi recebido com entusiasmo por escritores profissionais como T. S. Eliot, Edith Wharton e Willa Cather, mas obteve muitas críticas mornas na imprensa e de fato não conseguiu conquistar os leitores. Nos meses que se seguiram, Fitzgerald reclamaria de que "os resenhistas, inclusive os mais entusiasmados, não têm a menor ideia do que trata o livro".*



Marselha, a caminho de Paris
(c. 24 de abril de 1925)

Caro Max,

Seu telegrama me deixou deprimido. Espero que melhores notícias me aguardem em Paris, e eu lhe enviarei um telegrama de Lyon. Não tenho nada a dizer enquanto não receber mais informações. Se o livro for um fracasso de vendas, será por uma destas razões, ou talvez pelas duas.

Primeira: o título é mediano, mais para ruim que para bom.

Segunda, *e isto é fundamental*: o livro não tem nenhum personagem feminino de envergadura e hoje são as mulheres que dominam o mercado do romance. Acho que o fim trágico não tem muita importância.

*Gatsby* deverá vender 20.000 exemplares para reembolsar os adiantamentos que você me fez. Acho que o livro chegará a isso – mas esperava que chegasse a 75.000. Saberemos esta semana.

Zelda encontra-se bem – ou próxima disso –, mas as despesas com a sua doença e com a obrigação legal de levar nosso carrinho estourado para a França acabaram com o que eu havia conquistado de progresso financeiro.



Em todo caso, tenho um livro de bons contos para o outono. Agora devo escrever algumas histórias baratas para acumular o bastante para o meu próximo romance. Quando ele estiver terminado e publicado, vou esperar pelo resultado. Se isso for suficiente para me prover sem que eu passe por períodos difíceis, continuarei como romancista. Do contrário, vou desistir, voltar para casa, viajar para Hollywood e aprender sobre a indústria de cinema. Não posso baixar nosso estilo de vida nem continuar com esta insegurança financeira. Enfim, não há razão em ser artista se você não pode dar o seu melhor. Em 1920, tive minha chance de começar a vida de forma sensata, mas perdi-a, então tenho de pagar por isso.

Talvez aos quarenta anos possa voltar a escrever, sem essas constantes interrupções e preocupações.

De seu amigo profundamente deprimido,

Scott

P.S.: Conte-me sobre o livro de Ring. Já disse que achei *Haircut* medíocre?

P.S.(2): Por favor, encaminhe a Reynolds qualquer oferta de filme.

*Em 1934, no prefácio que escreveu para a também fracassada edição do livro na Modern Library, alguns meses depois da publicação de seu quarto romance,* Suave é a noite, *Fitzgerald se queixou amargamente da recepção dos críticos a essas duas obras. Infelizmente, ele não viveu para ver realizada a profecia de seu editor, proferida em carta de 25 de abril de 1925: "Acho que podemos ter certeza de que assim que o tumulto e as vociferações dos críticos e dos jornalistas se aplacar,* O grande Gatsby *se imporá como um livro absolutamente extraordinário".*

# Cronologia

24 de setembro de 1896

Francis Scott Key Fitzgerald nasce em Saint Paul, Minnesota, nos Estados Unidos.

Outubro de 1909

"The Mystery of the Raymond Mortgage" é publicado na *St. Paul Academy Now & Then*.

Agosto de 1911

A primeira peça de F. Scott Fitzgerald, *The Girl from Lazy J*, é encenada em Saint Paul.

Setembro de 1911

Fitzgerald entra na Newman School, em Hackensack, New Jersey.

Agosto de 1912

A segunda peça de Fitzgerald, *The Captured Shadow*, é encenada.

Agosto de 1913

A terceira peça de Fitzgerald, *Coward*, é encenada.

Setembro de 1913

Fitzgerald entra na Universidade de Princeton.

Agosto de 1914

A quarta peça de Fitzgerald, *Assorted Spirit*, é encenada.

Dezembro de 1915

Fitzgerald abandona a faculdade.

Setembro de 1916

Fitzgerald volta para Princeton e entra numa nova turma.

Novembro de 1917

Fitzgerald se apresenta para o serviço militar em Fort Leavenworth, Kansas; começa a escrever o romance *The Romantic Egotist*.

Março de 1918

Fitzgerald termina *The Romantic Egotist* e o apresenta à editora Scribner.



Junho de 1918

Fitzgerald se apresenta no Campo Sheridan, perto de Montgomery, Alabama.

Julho de 1918

Em um clube de Montgomery, Fitzgerald conhece Zelda Sayre, jovem da alta sociedade local.

Agosto de 1918

A Scribner recusa *The Romantic Egotist*.

Fevereiro de 1919

Fitzgerald deixa o exército. Já pensando em se casar com Zelda, arruma um emprego na agência de publicidade Barron Collier, em Nova York.

Julho-Agosto de 1919

Fitzgerald sai do emprego e reescreve seu romance, rebatizado agora de *Este lado do paraíso*.

Setembro de 1919

O editor Maxwell Perkins, da Scribner, aceita publicar *Este lado do paraíso*.

Março de 1920

*Este lado do paraíso* é publicado e seu autor se torna um sucesso instantâneo de crítica e público.

Abril de 1920

Fitzgerald se casa com Zelda Sayre.

Maio-Setembro de 1920

O casal Fitzgerald se muda para Westport, em Connecticut; ele começa a escrever *Os belos e malditos*.

Outubro de 1920-Abril de 1921

Fitzgerald e Zelda se mudam para Nova York.

Maio-Julho de 1921

O casal Fitzgerald faz a primeira viagem à Europa: Inglaterra, França e Itália.

Setembro de 1921-Março de 1922

*Os belos e malditos* sai em capítulos na revista *Metropolitan*.

26 Outubro de 1921

Nasce Scottie, a filha de Fitzgerald e Zelda.

Março de 1922

*Os belos e malditos* é publicado em livro.

Abril de 1923

A peça *The Vegetable* é publicada.

Junho de 1924

Na França, o casal Fitzgerald se estabelece em St-Raphaël.

Julho de 1924

Zelda tem um caso com o aviador francês Edouard Jozan. Fitzgerald escreve *O grande Gatsby*.

Novembro de 1924-Fevereiro de 1925

Em Roma, Fitzgerald revisa as provas de *O grande Gatsby*.

Fevereiro de 1925

Fitzgerald e Zelda viajam para Capri, na Itália.

Abril de 1925

*O grande Gatsby* é publicado. No final do mês, Fitzgerald e Zelda vão para Paris.

Fevereiro de 1926

*O grande Gatsby* é encenado na Broadway.

Dezembro de 1926

Fitzgerald e Zelda voltam para os Estados Unidos.

Janeiro de 1927

Em Hollywood, Fitzgerald começa a trabalhar no roteiro do filme *Lipstick*, que acabou não sendo produzido.

Abril de 1928

Fitzgerald e Zelda voltam para Paris.

Setembro de 1928

O casal retorna novamente aos Estados Unidos.

Março de 1929

"A última das beldades" é publicado no *Saturday Evening Post*.

Março de 1929

Em nova temporada em Paris, Fitzgerald e Zelda partem para a Riviera em junho.

Abril de 1930

Zelda tem sua primeira crise emocional e é internada na clínica Malmaison, nos arredores de Paris. Ela permanece hospitalizada até o início de maio, quando se dá alta.

Maio de 1930

No final de maio Zelda é internada na clínica Val-Mont, em Glion, Suíça.

Junho de 1930

Zelda é admitida na clínica Prangins, em Nyon, Suíça.

Setembro de 1931

Zelda tem alta, e o casal volta para os Estados Unidos. Fitzgerald vai sozinho para Hollywood trabalhar no roteiro do filme *A mulher parisiense dos cabelos de fogo*.

Fevereiro de 1932

Zelda tem nova crise e é admitida na clínica psiquiátrica do Johns Hopkins Hospital, em Baltimore.

Março de 1932

Ainda internada, Zelda termina o primeiro rascunho de seu romance *Esta valsa é minha*.

Outubro de 1932

*Esta valsa é minha* é publicado.

Janeiro de 1934

Zelda tem sua terceira crise e volta a ser internada.

Janeiro-Abril de 1934

*Suave é a noite* é publicado em capítulos na revista *Scribner*.

Abril de 1934

O romance *Suave é a noite* é publicado.

Fevereiro de 1938-Janeiro de 1939

Fitzgerald trabalha nos roteiros de *Infidelidade*, *Maria Antonieta*, *A mulher* e *Madame Curie*.

Outubro de 1939

Fitzgerald começa a escrever *O último magnata*.

21 de dezembro de 1940

F. Scott Fitzgerald morre de ataque cardíaco em Hollywood.

27 de dezembro de 1940

O corpo de Fitzgerald é enterrado em Rockville, Maryland.

Outubro de 1941

O romance *O último magnata* é publicado.

10 de março de 1948

Zelda Sayre Fitzgerald morre em um incêndio no hospital Highland.

17 de março de 1948

Zelda é enterrada junto do marido.

18 de junho de 1986

Scottie Fitzgerald Lanahan Smith morre e é enterrada junto dos pais.

Este livro foi composto com as famílias tipográficas
Apollo para os textos e Voyage para os títulos.
Impresso para a Tordesilhas Livros em 2021.